AF293653

LES OCCIS-MORTS

Tome 2

SILENCE ASSOURDISSANT

Laurent LEONARD

SILENCE ASSOURDISSANT

ISBN
Mentions légales

A Sylvie

« Il vaut mieux se taire et passer
éventuellement pour un con,
que l'ouvrir
et
ne laisser planer aucun doute
sur le sujet. »

P. Desproges

Préface

Le nez régulièrement dans la bouteille, sans boulot ni plus d'envie, Léo est à la limite de la rupture.

Viré de la médecine, suite à une intervention de chirurgie esthétique au cours de laquelle il a défiguré sa patiente, il ne parvient pas à se remettre pas de l'assassinat inexpliqué de Jade, son épouse. L'âme en peine, il en néglige même la seule chose qui le raccroche véritablement à l'existence : sa fille Marie.

La réapparition d'une amie d'enfance, va rallumer en lui la faible étincelle encore en vie.

Epaulé de Jules, son ami d'enfance, aidé de Benoît, son pote flic, mais également assisté de Marie, sa petite ado, auto-proclamée enquêtrice, il se lance à la recherche de Sylvie, la lycéenne dont il s'était jadis épris.
Dans sa quête, il découvre une femme bien différente de celle qu'il avait connue. Et sa fille, l'étrange Nila.

Si son ami flic est loin de lui apporter l'aide escomptée, sa fille se révèle, elle, une investigatrice émérite, dont les efforts ne permettent toutefois pas de dérouler la pelote jusqu'à son bout.

En quête d'impérieuse réponses, l'ex-médecin se tourne un vers certain Boun, caïd très influent, malgré sa détention. Ce dernier fait jouer ses relations, travailler ses hommes, pour éclairer la lanterne de Léo... Lui éviter de faire, sur l'autel d'un souvenir de flirt idéalisé avec les années, une belle connerie. Et tenter de faire, enfin, la lumière sur le meurtre de feu Mme Talon.

Un vol de diamants. Authentique trésor.
Un dentiste. Joueur. Et coureur de jupons.
Des russes pas contents du tout.
Les yaccuzas, eux aussi, très contrariés.
Des gitans opportunistes. Prêts à tirer des pruneaux.
Et les marrons du feu... De la guerre sino-slave.
Et Jade, au milieu de tout ça.
Cruelles et tragiques interférences.

Léo perce enfin le lourd secret, qu'il révèle à sa fille.

En plus de la vérité, dont ils avaient tous deux profondément besoin, et à la faveur de ce qu'on appellera pudiquement un petit coup de pouce du destin, il réintègre l'Ordre des médecins.

Dès lors, une nouvelle vie peut commencer.

Préliminaires.

Jean fit trois pas en arrière.

Juda, un seul.

Jacques aucun.

Et les trois s'affalèrent sur le parquet Versailles de la villa royatoise.

Jésus, lui, agrippa plus fermement la culasse du pompe qu'il tenait en « bandoulière avant », et lui fit faire l'aller-retour réglementaire. Pas le temps d'épauler son fusil compact, il shoota au juger, et la Brenneke perfora le plexus de son sniper d'aïeul. Nouvelle translation caractéristique. Une deuxième munition de chasse arracha le Nord-Est du visage ennemi. Exit joue, œil, oreille et boite crânienne. Désolidarisé de la main qui lui donnait les instructions, le 45 magnum devint nettement moins létal.

Jean, de son véritable prénom Pierre, reçut la balle de 45. Elle le traversa de part en part, occasionnant un minuscule orifice d'entrée et un bien plus conséquent cratère de sortie. La rate, le foie et leurs voisins firent office de télépéage... à quelques 700 kms/h !

Aucun obstacle digne de ce nom n'ayant suffisamment alenti le projectile, ce dernier poursuivit son irrémédiable course linéaire et se ficha dans la clavicule du présumé jadis traitre, petit Paul, le second visiteur nocturne d'hôtel particulier. Elle la fractura sèchement, luxa l'articulation de laquelle elle n'eut plus l'énergie suffisante pour s'échapper.

Voisins de quelques décimètres, les complices de Jésus, obliquèrent comme des cartes d'un château touchées par une brise soudaine. A son corps défendant, le premier et plus atteint fit un bond en arrière, déséquilibrant, en plus de la force de pénétration qu'il venait d'encaisser, le deuxième receveur de plomb. S'ils en réchappaient, le saturnisme guetterait ces deux sacrés apôtres !

Dans leur déséquilibre mutuel, le binôme de percés churent sur Jacques -le seul à ne pas avoir de prénom de scène (cène ?)- qui tenta un pas de dégagement de travers. Mais, quand ça veut pas... Son pied buta contre l'angle rebelle et rebiquant de l'épais tapis de laine marocain écru et noir, le précipitant lui aussi, et toutes affaires cessantes, vers les enchevêtrements boiseux.

Et dire que j'étais censé donner un coup de main ! Marmonna Denis-Jésus entre ses mâchoires serrées. Ses pensées ne vagabondèrent pas longtemps. Bientôt, une nouvelle balle siffla au dessus de sa tête.

*

- Je fais pas dans le fraquo*, je vous l'ai déjà dit !
- Dis, polak, t'es plus à Solidarnosk. Terminé Walesa ! C'est pas le supermarché des combines, ici. On te propose ce petit cambriolage de pavillon, car l'endroit est un peu vaste, et qu'il y a pas mal de belle marchandise à emprunter. On a besoin de bras, et on a entendu dire que les tiens étaient pas mal dans le genre.
- Y a pire, en effet. N'empêche, moi rentrer chez des bourges, quand je sais pas ce que je vais y trouver, ça me branche moyennasse. Tu me dirais d'aller causer sous les narines d'un pékin, ça serait sans problème. D'y casser quelques côtelettes, pas plus. Mais, visiter une bicoque dont on se sait pas grand-chose...
- Eh Denise...

Laurent n'eut pas le temps de prononcer un mot de plus. Il encaissa une mornifle d'une densité certaine. Avant de poursuivre sa phrase, il ouvrit sa bouche et en sortit une molaire sanguinolente à laquelle il manquait deux racines.

- Il est fou ce mec !
- Mon prénom, c'est Denis. Je t'oblige même pas à m'appeler Djwenisz, qui est mon véritable petit nom, alors m'appelle pas par un prénom de Gertrude.
- Putain de merde. Qui c'est le con qui nous a recommandé ce mec ? C'est bon, tu dégages. Pas besoin de connard qui bastonne tout ce qui bouge.
- C'est toi qui vois, man. Mais, tu me retraites une

** Fraquo : Cambriolage en argot. Et en langage policier.*

autre fois de quoi que ce soit, et là, c'est une demi-douzaine de chicots que t'auras à cracher. Sans parler de ton blair qui risque de prendre la tangente d'un côté. Alors, je bouge. Mais, c'est pas toi qui me vires. Capito ?

Laurent ne prit pas le risque de reprovoquer son interlocuteur. Vexé, il regardait s'éloigner Denis lorsque Jean prit la parole :
- Eh Laurent. T'es ouf ou quoi ? Un mec gaillard comme ça, c'est pas tous les jours. Bon, ok, il a pas l'air bien finaud, n'empêche, si ça chie...
- Ah ouais ? Et qui c'est qui le ramènera à la raison s'il pète encore une durite ? Ni toi, ni tes potes, avec vos épaules de serpent. Alors, si tu le veux avec vous ? Ben, va le chercher, parce que moi, il en est pas question.

Jean regarda Pierre et Paul. Les deux acquiescèrent.
Deux minutes plus tard, soit une d'explication, les 112 kgs de Denis suivaient sagement les 63 de Philippe.

- Alors, on en était ou ? Reprit le freluquet négociateur.

Le plan était simple.
La villa, un charmant hôtel particulier datant des années 30, était remplie de tableaux de valeur, de bijoux, de cash et de quelques lingots d'or de 100 hectogrammes. Bien fourgué, l'ensemble ferait un un très très joli pactole. Et une quote-part plus qu'honorable vu le risque encouru. Pourquoi ? Parce qu'à l'intérieur, se trouvait un couple de

retraités, lui sous assistance respiratoire, elle, pas plus alerte, puisque ne s'étant jamais remise du traditionnel « col du fémur des 70 printemps », et évoluant depuis avec sa paire de béquilles. Un majordome oeuvrait durant les heures ouvrables, et ce, jusqu'au terme du dîner, soit 20h. Restait dans la bâtisse pour veiller sur ce beau monde, miss Virginie, infirmière de formation, mais femme à tout-faire du 13 boulevard du Paradis.

Au moment où Norbert fermerait délicatement le portail extérieur pour ne pas le faire claquer, il avait une sainte horreur du bruit, et de ceux suraigus métalliques, un des quatre garçons ici-présents, lui soustrairait ses clés, et confierait le bon maître de maison aux bons soins du chauffeur en attendant que la perquisition illicite s'effectue. Un petit otage, ça mange jamais de pain. On se savait dire s'il y avait des armes à l'intérieur, mais diable, quand bien même ! Les trois personnes occupant les lieux seraient facilement neutralisables.

Au fait, comment on savait ce qu'on savait ?
Le plombier. Cupide. Et si veule devant la liasse de dix « pascal » qui resta un trop long moment devant ses yeux impavides, en échange des informations utiles.

*

Le vieux avait son compte.
Alors, qui artillait ?
Non, mais tu le crois pas !
Madame Weinberg herself brandissait un petit calibre de sac à main. Calée du mieux qu'elle pouvait, à

moitié tordue en contrebas du décrochage, elle fit siffler une seconde Valda. Heureusement, elle ne savait pas viser. Et même si elle avait su, sans ses binocles...

Denis enjamba quatre à quatre les mètres qui les séparaient d'elle, puis survolant les cinq marches qui menaient à la chambre, fondit sur elle comme un aigle sur un black-bass d'une rivière écossaise. L'atterrissage fut viril. Et Mamie, bien groggy par la rencontre. Son équilibre stabilisé, Denis sortit un serre-flex et relia l'ancêtre au seul tuyau vertical apparent qui se trouvait à portée de main. Non sans avoir fait tournoyer au sol, d'un coup de pied, le micro-pistolet. Il fit signe de la boucler à sa prisonnière qui, malgré un regard des plus cataractement belliqueux, la vieille dame en avait autant dans le ventre que son époux, y consentit.

Très vite, il fallait s'assurer de l'infirmière, qui ne tarderait pas à faire irruption dans ce tableau légèrement pastiché de la réalité théorique.

Si tu ne vas pas à Lagardère...

Il n'eut pas besoin de chercher bien longtemps, Virginie apparut, mains vides elle, dans le couloir. Ses binocles de myope et le méplat droit de son brush suffisaient à expliquer son inertie. Miss blouse blanche en écrasait sec. Et le temps qu'elle retrouve ses yeux.

- Mais, que se passe-t-il ici, monsieur ?
- Jésus, en personne, pour vous servir, madame. Madame comment, d'ailleurs ?
- Je m'appelle Virginie. Je suis l'infirmière.

- Et bien tu tombes pile-poil, la guêpe. Y a quelques blessés dans le coin. Si tu peux t'occuper d'eux, moi j'ai des bricoles à finir avant partir.

Comprenant que la soignante était pas totalement inoffensive, mais tout comme, Denis vint aux nouvelles de ses compères. Cette idée de prénoms d'apôtres, c'était ridicule. Il ne se rappelait plus qui était qui.

Bon, pour Pierre, ce n'était pas si grave, car la balle qui l'avait exploré avait fait des dégâts si irréversibles qu'on pouvait présager que l'usage de son prénom ne serait plus nécessaire bien longtemps, tant il gisait dans une mare andrinople. Et même si le liquide visqueux noirâtre n'était pas intégralement le sien, il en avait perdu suffisamment pour passer l'arme, qu'il n'avait pas eu le temps de saisir, à gauche.

Paul avait, lui aussi, était très correctement troué par le même petit obus, à peine ralenti par sa visite anatomique précédente. Apôtre Juda, avait l'épaule dans un triste état. La tête de l'humérus avait quitté sa cloche originelle et le bras pendait comme celui d'un patin ayant perdu son guide. La clavicule avait servi de butée à la balle de gros calibre, qui y avait clôturé sa cavalcade. Toute proche, l'artère sous-clavière avait été épargnée.

Quant à Jacques, alias rien du tout !, il n'avait rien d'autre à déplorer qu'un déséquilibre infortunément achevé par une chute qui l'avait conduit à servir de matelas à ses deux potes... et d'éponge à leur épanchements hémoglobineux.

Les deux nommés supra risquant de se révéler fort peu utiles à la cueillette des valeurs, Denis héla le troisième afin qu'il lui donne un coup de main. Après avoir glissé par côté pour se libérer de ses poids morts (enfin, un presque. L'autre devrait réussir à survivre.) Jacques, se releva. Pas pour longtemps. Son pied gauche, trop intensément et majoritairement sollicité pour un appui quasi-intégral, ripa sur le résiné volatile. Et Paul, d'effectuer un lune des plus acrobatiques. Et comme c'était pas le soir, la jambe droite décrivit un 180°, la gauche suivit le mouvement, mais un peu moins dynamiquement, en tout cas suffisamment pour que l'homme se retrouve à l'envers du plan horizontal. La pesanteur fit le reste, et Jacques embrassa une nouvelle fois le sol kaléidoscopique de la demeure. L'occiput offrit le premier contact, et la nuque prit le relais, s'écrasant hélas sur le genou de Paul. L'hyper-extension provoqua une fracture immédiate du rachis cervical. En moins de temps qu'il ne fallut pour le dire, consécutive aux troubles neurologiques entrainés, la lésion de son bulbe rachidien fut fatale.

On était bien.
En cinq minutes, montre en main, la Jésus' team était décimée de moitié. Et la moitié qui restait comptait un manchot fort mal en point.
Classe !

Denis se posa légitiment LA question : Fallait-il, coûte que coûte, dérober le butin, au moins celui qu'il était en mesure d'emporter ? Ou était-il plus judicieux d'écouter les planètes qui refusaient de s'aligner, et aller voir ailleurs

Vu la merde, le polonais décida de ne pas être venu pour rien.

Il siffla dame Virginie, qui radina au pas de course. Lui intima d'ouvrir le coffre, selon les instructions qu'il lui donnerait en live. Ce qu'elle fit sans moufter, et fort efficacement. Mieux même, elle aida son interlocuteur à emplir les deux gros sacs de voyage dans lesquels il avait commencé à fourrer les bijoux et liasses de billets. Quand vint le tour des dix lingots, ils durent faire moit'-moit' pour que le quintal soit également réparti en poids. Faudrait pas avoir besoin de droper vite, car avec plus de 50 kilos par épaule...

Une fois le magot emmailloté, notre homme remercia l'infirmière. Finalement pas si vilaine que ça, la pouliche, Denis la saisit fermement par la hanche et lui roula une galoche maison, tout en lui pinçant la fesse.

- Tu sens la menthe, petite.

Puis, alors que déjà, il se dirigeait vers la sortie, il fit signe à Paul de le rejoindre fissa. Denis entrevoyait la porte lorsqu'il entendit une détonation. Merde ! Ce con de Paul venait de dessouder l'infirmière et il s'apprêtait à faire sa fête à la vieille.

Denis lâcha ses sacs d'un coup. Mais, il n'était plus armé. Il avait posé le Mossberg à pompe au pied de l'escalier de marbre. Et cet abruti de Jacques, au lieu de le suivre et déguerpir, l'avait à présent en main.

Faute de mieux, il attrapa le parapluie d'Alfred (il apprendrait plus tard cette appartenance) et le lança en direction du manchot. Comme dans un bon film d'action, la pointe de ce dernier se ficha dans le pavillon auditif de sa cible, qui en hurla de douleur. Un nouveau coup de feu s'échappa, mais hors de l'objectif cette fois-ci. Le laps de temps qui venait de passer fut suffisant pour que Denis soit à nouveau au contact de son présumé complice. Il lui arracha le fusil de sa main valide et lui asséna un coup de crosse plein menton.

Frère Jacques, dormez-vous ? !

Denis n'avait plus le temps de finasser.

Il courut jusqu'à l'entrée, repositionna les deux sacs sur ses épaules, et quitta la villa. Dès l'extérieur, il cessa de courir et tourna dans la première rue où il devait faire une trentaine de mètres afin de bifurquer une nouvelle fois, puis retrouver son chauffeur et Norbert.

Il était dit que rien ne fonctionnerait normalement sous la pleine lune.

Norbert était bien là. Sain et sauf. Prisonnier du candélabre. Mais son geôlier avait déguerpi. Abandonnant notre « Jésus » avec sa croix en forme de sacs.

Denis salua le majordome et prit la route en pointe. Pas bien longtemps. Il fut pris d'un remords concernant la petite Virginie. Paul ne l'avait atteint qu'à la jambe. Fallait peut-être la secourir. Il fit demi-tour, repassa devant l'attaché du réverbère, qu'il libéra de son serreflex d'un coup de lame. Il lui intima de le suivre, lui brossant brièvement la situation et ce qu'il envisageait de faire. Ils entrèrent tous deux dans la villa. Denis posa son ânée et se dirigea vers miss Virginie.

Silence assourdissant

Le quadriceps gauche de la femme était juste « mordu ». L'artère n'avait pas été touchée. Un bon pansement et les secours la trouveraient sauve. L'infirmière indiqua à secouriste d'opérette où se trouvait le matériel de soins. Il trouva tout le nécessaire dans la chambre de la professionnelle de santé, gâcha quelques secondes à détailler et sentir la lingerie que l'occupante avait posé sur le dossier de sa chaise et fit retour.

Il passait le chambranle de la porte lorsqu'il sentit une puissante décharge sur son torse et une terrible brûlure dans ses yeux. Il s'agenouilla pour encaisser.

Deux équipages de la Bac de Nuit clermontoise se tenaient devant lui.

Le préposé à l'arme lourde prêt à lui faire sauter le carafon. Cette fois-ci, c'était lui qui était en face du canon. Et quelque chose lui disait que celui qui le braquait sur lui n'hésiterait pas, si on lui en donnait l'opportunité, à en faire usage. Il lisait cette certitude dans ses yeux noirs.

*

Le Parquet requit 10 ans.

Le Président en annonça 7 de moins.

Circonstances atténuantes : Légitime défense pour l'homicide feu M. Weinberg, et assistance à personne en danger.

Merci Virginie.

Merci Norbert.

2

Lundi 6 mai 1996 – 17h27.

- Monsieur Talon..., téléphone pour vous.
- Merci Lucie...
- Oui, j'écoute... Oh, c'est toi, chérie. Qu'y-a-t-il ?... Le bébé s'impatiente ?... Bon, ça veut dire qu'on y est à présent. Jade, ne te stresse pas, c'est normal. J'arrive tout de suite... Quoi non ?... Tu es sûre ?... Parce que je peux, là. J'ai rien d'urgent sur le feu, alors c'est avec plaisir. Je suis vers toi dans quelques minutes... Non, pas besoin, tu es certaine ?... OK. J'insiste pas. C'est toi qui sais... Du coup, je t'attends ici... Prêt à t'accueillir au parking des urgences, disons, dans une demi-heure ?... Tu veux vraiment pas que je saute dans la voiture ?... Bon, parfait. Alors à tout de suite...

- Ça se précise pour le bébé, c'est ça ?

- On peut rien vous cacher Lucie ! Jade vient de perdre les eaux. C'est une affaire d'heures à présent.

Médecin urgentiste au C.H.U clermontois où sa compagne devait accoucher, Léo termina laborieusement ce qu'il était en train de faire au moment d'être interrompu. Un gros effort de concentration lui fut nécessaire, tellement il était émotionnellement déstabilisé par l'arrivée imminente du nouveau-né. Jade et lui ne désiraient pas connaître le sexe de l'héritier. On préfère comme au bon vieux temps. Ça sera la surprise, avaient-ils rétorqué aux personnes qui les interrogeaient sans cesse sur le genre de leur future progéniture.

La future maman arriva sur le parking de la maternité à l'heure prévue. Au prix de quelques savants déhanchements, elle parvint à s'extraire du siège passager où elle avait pris place, sa mère l'ayant prise en charge à son domicile, et véhiculée jusqu'à destination. Jade était radieuse. Pas inquiète pour un sou, finalement. Sa démarche quelque peu inhabituelle tira un rictus moqueur à son compagnon, lazzi qu'elle capta immédiatement :

- J'aimerais t'y voir toi, avec une serviette de bain, entre les cuisses ! Crois pas que j'ignore ce que tu as derrière la tête. Tu t'apprêtes à me balancer que je suis née sur un camion-citerne, ou qu'il faut que je cesse dare-dare le rodéo... Je me souviens parfaitement que tu raillais régulièrement feue ta grand-mère, qui avait cette démarche de poule arthrosée. Vilain toubib, va !

- Tu lis dans mes pensées, chérie. Reconnais quand même que ça prête à sourire...

Jade lui tira la langue.

En guise d'apostasie, Léo saisit les sacs à main et de vêtements de sa chère et tendre, et la dirigea vers l'aile maternité. Sur place, elle prit le temps d'échanger avec l'obstétricien de garde auprès de qui son médecin d'époux l'avait recommandée. Si ce n'était pas indispensable et que la douleur s'avérait supportable, Jade ne voulait pas de péridurale. A l'ancienne. Jusqu'au bout...

Celui qui pensait légitimement être le père lui avait pourtant fait l'article du confort et des délices de cette anesthésie locale, en vain. La génitrice était une authentique tête de mule, et avait décrété que si des milliers, des millions même !, de mères avaient donné la vie de cette façon naturelle, il n'y avait aucune raison qu'elle n'en soit pas capable.

- Au diable les progrès médicaux non indispensables, avait-elle enchéri.

On installa Madame Talon, même si, officiellement elle ne l'était pas, puisque non encore légalement unie à Monsieur, dans sa chambre. Une aide-soignante prit l'énorme œuf de Pâques qui lui tenait lieu d'abdomen, le ceignit d'un large ruban qui n'était ni rouge vif, ni doré ou argenté. C'était une lanière élastique, où étaient positionnées, équidistantes, quelques pastilles ventousées, capteurs reliés à une grosse machine posée sur un chariot à roulettes. Le monitoring émettait une sonnerie régulière, bip dont l'intensité variait selon l'ampleur de la vague de contractions.

Léo s'assura que sa chérie ne manquait de rien et décida d'aller tuer le temps en grillant une « sucette à cancer ». C'est ainsi que, petit, lorsque son père lui désignait, comme exemple à ne surtout pas suivre, les fumeurs occasionnels ou plus sérieusement addicts, il nommait la vilaine chose qu'ils tenaient, soit entre leur index et majeur jaunis, soit au bord de lèvres, qui masquaient une dentition fréquemment ternie ou noircie par les goudrons et autres adjuvants.

En allumant sa cibiche, Léo prit une profonde et délectable inhalation.

Pour autant, au fur et à mesure que le tube blanc et caramel rapetissait, le fumeur culpabilisa. L'envie d'arrêter était récurrente chez lui, mais pour l'instant pas assez puissamment désirée pour qu'il le décide enfin. La perspective plutôt imminente de l'arrivée du bébé changeait notablement la donne. Léo n'avait pas envie que le bambin garde de son enfance l'image d'un père une clope éternellement vissée au bec.

*

De retour dans la chambre, il fit un détour par le vestibule qui faisait office de salle de toilette pour s'y laver les mains. Réflexe professionnel. En en sortant, il se pencha sur le lit médicalisé pour apposer un baiser sur le front de Jade.

- Tu pues le tabac ! L'accueilla-t-elle.

En temps normal, l'interpellé ne se serait pas gratté pour contrattaquer d'un passing-shot verbal. Mais là, cette pique, un rien provocatrice, assénée juste après la réflexion introspective qu'il venait d'avoir, eut l'effet d'une bombe. Rarement réflexion avait atteint aussi opportunément sa cible. Le futur père se borna à un sourire gêné, mais n'en pensa pas moins.

Pendant ce temps, le monitoring couinait de plus en plus fréquemment de salves sonores qui gagnaient en intensité. Les choses se précisaient. C'était l'heure. Aucun réveil n'avait sonné. Aucun petit déjeuner fumant n'attendait dans la cuisine. Pourtant, il fallait y aller à présent.

*

Le chauffeur de lit, plus communément appelé brancardier, se prenait pour Schumi. Fangio pour les moins jeunes. Même s'il n'avait pas à se presser, il dirigeait le lit à roulettes avec un art de la trajectoire que nombre de conducteurs *ordibiles** auraient pu lui envier. Léo, qui suivait le cortège, en était aussi baba que circonspect. Il en avait pourtant vu des pousseurs de puciers, mais celui-ci avait un style tout à fait inhabituel. Il ne ralentissait pour ainsi dire jamais. Comme s'il était robotiquement programmé à une allure définie dont il ne parvenait pas à s'écarter.

** NdlA : Comme dans son roman précédent « Blanc nocturne », l'auteur s'est autorisé quelques privautés avec notre langue, se plaisant à confectionner des mots-valises en assemblant, à l'envi, deux qualificatifs, adverbes ou autres mots. A vous de les déchiffrer. Ici, ordinaires + automobiles.*

Chemin faisant, Jade se mit à hurler. Grosse contraction. Léo tressaillit. Le brancardier, lui, n'esquissa pas le moindre mouvement réactionnel. Il aurait peut-être dû. Même s'il n'y avait aucun rapport entre la complainte et ce qui se tramait.

Sans que personne n'y prête réellement gare, un écrou roula sur le lino blanchâtre, coupant la ligne bleue médiane. Il n'avait pas encore atteint la plinthe qu'une vis se faisait la malle à son tour.
Sans surprise, en vertu des lois de la physique et compte tenu de ce qui venait de se passer, la roue
avant du lit gauche translatif tira tout droit, suivant logiquement son vecteur directeur.
L'embarcation amorça -de facto- un changement de cap à droite de 90°, et le plan, jusque là parfaitement horizontal de son matelas, s'enfonça comme s'il venait d'essuyer une lame par tribord amure. Étonnamment, le capitaine du navire, resta quelques dixièmes de seconde, totalement imperméable à la tempête qui grondait.
Affectivement prévenant, Léo, lui, perçut instinctivement le danger. Pressentant qu'avec la force centrifuge, Jade était promise à la chute, il essaya d'anticiper sa trajectoire afin de servir de tampon.
Jade poussa un nouveau cri. De peur, cette fois-ci.

Edmond Saint-Michel, conducteur de lit de son état, prit enfin conscience de la périlleuse incongruité de la situation. Sa gestuelle, jusqu'ici mécanique, prit un tour moins linéairement apathique. Alors qu'il tentait de retenir la chute du plan vertical, apparurent, cachés par sa chevelure *impouclée*, des écouteurs qui obstruaient ses conduits auditifs. Pas étonnant qu'il semblât à ce point isolé dans son monde. Cette découverte offrait une explication très rationnelle à son attitude dilettante et peu concernée. Tout comme ça justifiait la curieuse manière qu'il avait de mouvoir la plate-forme roulante, dont il avait ponctuellement les manettes.

Sa couchette de pont gîtant dangereusement par bâbord, comme un marin l'aurait fait à ses haubans, Jade s'accrocha aux montants latéraux. Le brancardier ne put alentir suffisamment l'embarcation pour que cette dernière évite le choc promis avec le mur. Voila ce qu'il en coûterait de pas avoir voulu baisser de rythme dans les courbes...

Les remous de l'incident mécanique, conjugués aux secousses du télescopage mural accouchèrent d'un lit cathédrale. Jade se retrouva quasiment debout, sauf qu'aucun de ses pieds n'était libre de ses mouvements, puisqu'empêché par le drap qui les recouvrait initialement. Elle allait choir de tout son poids. Et fort probablement en avant...

Le brancardier ne trouva aucun réflexe adapté pour atténuer une partie du mal que sa conduite arythmée *(aux sons de sa playlist ?)* avait généré.

On est jamais mieux protégé que par les siens.

Léo abaissa son centre de gravité et glissa sur le flanc, accompagnant la trajectoire de l'engin chavirant, prêt à accueillir celle dont l'excommunion était imminente. Aussi, quand Jade fut bannie de sa place douillette, elle atterrit, non sur le sol, mais sur le corps, un peu moins inhospitalier, de son futur époux.

Le matelas vivant poussa un râle de douleur. Pourtant, la future mère était un poids plume. Quelques centièmes de seconde avant le contact des deux corps, Léo, saisissant la blouse médicale de l'alitée, était parvenu à lui faire effectuer un début de vrille, la faisant judicieusement pivoter sur le flanc.

Toujours sous emprise *(mais de quoi exactement ?)*, l'agent hospitalier ne fit guère plus de cas lorsque Jade, par deux nouvelles fois, fit bruyamment vibrer ses cordes vocales. Décidément sourd comme un pot l'Edmond !

Les trois êtres humains et le carrosse métallique finirent par s'immobiliser. Léo y alla, lui aussi, de son gémissement. Les deux lamelles chromées, qui accueillaient l'axe de la roue gauche fugueuse, s'étaient intercalées, telles un foène, entre les métatarsiens de son pied droit, coincé entre le mur et la paillasse roulante.
- Eh, Jimmy Hendrix ! Hurla-t-il. Tu vas me virer tes putains d'écouteurs rapido avant que je te les arrache moi-même. Et que tes oreilles viennent avec !
Le chevelu s'exécuta dans l'instant.
- Maintenant que tu m'entends fort et clair, fonce chercher du renfort. Et au pas de charge ! Aussi vite que tu conduis les pageots, mais sans la sortie de route. Magne-toi le fion Angelo *(Léo trouvait qu'il a avait la tignasse du chanteur Angelo Branduardi)*. Avant que je te le botte avec le pied qu'il me reste ! La tonalité des instructions de Léo ne

supportait aucune répartie.

Edmond ripa à une vitesse que sa dégaine douteusement patibulaire rendait théoriquement inconcevable.

Entre-temps, Jade s'était mise à gémir.

- Chéri. Le bébé...

Léo n'en croyait pas ses mirettes. Une tête couverte de cheveux bruns s'annonçait sortante entre les jambes de sa mère.

- Y a quelqu'un dans le coin qui pourrait venir aider ? Hurla Léo à gorge intégralement déployée.

Deux portes voisines s'ouvrirent d'un même élan. Des blouses vertes en sortirent. Deux de la première chambre, une de la seconde. De cette dernière, un quatuor composé de deux médecins, une infirmière et Edmond accoururent au chevet de la famille Talon, dont la cellule familiale était en passe de s'enchérir de cinquante pour cent.

Toujours coincé par son pied, Léo était quand même à pied d'œuvre, au chevet de Jade. Sa position lui permettant de surveiller l'arrivée du bébé. Haletant comme un chiot, la future maman bloqua sa respiration et poussa de toutes ses forces. La tête sortit lentement.

Les intervenants s'organisèrent pour rendre le travail moins inconfortable. Pendant que quatre agents soulevaient précautionneusement la femme, deux autres glissèrent le matelas entre elle et le sol. Le médecin prénommée Annie proposa à son presque collègue, Léo n'était qu'interne, de lui ôter le corps étranger afin de se libérer de la gêne du lit.

Proposition qu'il accepta à la condition expresse de ne pas quitter la scène.

Une des infirmières posa un pansement bien serré sur la plaie au pied. Léo se mit à genoux et consentit à laisser intervenir l'obstétricien, alerté en urgence.

En moins de trois minutes, montre en main, bébé était né.

Une fille.

L'horloge venait de passer les minuit : mardi 7 mai à 0h15.

D'un bref regard, le gynéco comprit que le papa était prêt. Il tendit la paire de ciseaux à son voisin qui sectionna, sans coup férir, le cordon. Le dernier contact biologique qui reliait la maman à son enfant venait d'être coupé. Le médecin posa la petite sur la poitrine de sa mère. Et couvrit les deux corps d'un drap tiède, tout juste déplié par sa consœur.

Jade ferma longuement les yeux, comme pour mieux savourer. Et sentir ce petit être tout contre elle. Malgré la douleur bien vive, Léo s'assit sur ses talons. Un flot lacrymal lui embua la vision. Fluide d'intense bonheur le submergeant. Il pivota sur le côté et serra Jade contre lui.

Quelques fines larmes poignirent également sur les joues de certains personnels hospitaliers étant venus prêter main-forte. Une des moins attendries posa l'inévitable question :

- À qui ressemble cette petite beauté ?

Léo se tourna vers Jade. Voulait-il signifier que c'était le portrait de sa mère, ou sollicitait-il son avis ? Comme il demeurait silencieux, il était bien malaisé de le savoir. Jade haussa les épaules d'un sourire tendre. Sans mot dire, elle non plus. L'aide soignante n'insista point.

Par devoir, l'obstétricien rompit cet instant de félicité, et récupéra le nouveau-né qu'il drapa dans une serviette éponge douillette. Il demanda aux parents le prénom de l'héritière. « Marie ». D'une main et d'un œil jaugeurs, il se risqua à :
- Cinquante billets sur 49 cms et 3 kilos. Maximum ! 5 pour cent d'erreur...
Jade quitta le plancher des vaches, pour prendre de l'altitude, d'un gros mètre. On la disposa délicatement sur un lit en état de roulage. Edmond s'aventura à poser ses mains sur les poignées de manœuvre. Le lit se mut de quelques dizaines de centimètres avant que la néo-maman ne saisisse le manège. Elle se redressa comme un serpent agressé, fit volte-face, lança un regard plus que belliqueux à celui qui venait de perdre tous les points de son *perlit* de conduire.
- Non, mais vous doutez vraiment de rien, vous ! Otez immédiatement vos sales pattes de mon embarcation. Je vais m'attacher les services d'un nouveau chauffeur. Puis d'adressant à un médecin voisin :
- Docteur, je vous serais très obligée...
Mme Vercère, le second praticien, opina du chef.

Léo revint de la radio en boitant bas. Un pansement, encore plus volumineux que l'initial, lui entourait le pied.

Pas de fracture, un petit miracle. En regagnant la maternité, il s'arrêta devant le secrétariat et demanda le numéro de chambre de Jade. Nanti du renseignement, claudiquant, il son chemin. Fit une nouvelle halte à la salle de soins néo-nat' où une sage-femme finissait d'emmitoufler Marie. Elle informa l'interne que le nourrisson allait rejoindre la chambre maternelle dans quelques heures, après un petit passage par la case couveuse.

Elle crut bon d'ajouter que le médecin accoucheur avait gagné son pari.

- Quarante-huit centimètres pour deux kilos, neuf-cent cinquante, ajouta-t-elle, un sourire vissé sur les lèvres.

- Je me souviens pas avoir parié. Annonça, rieur, et très tranquillement Léo.

Silence assourdissant

Mercredi 17 novembre 2010.

Pour fêter sa réhabilitation médicale ; le docteur Talon ayant jadis été rayé de l'Ordre des médecins suite à une intervention chirurgicale, où, encore fort imbibé d'une soirée copieusement arrosée la veille, il avait saccagé un lifting et défiguré sa patiente ; et l'ouverture de son cabinet avec son associé, Léo a organisé une petite réception.

Assistent à ces réjouissances Boun, l'artisan de ce retour en grâce, mais aussi Jules son vieux et indéfectible pote, Benoît son copain flic, Armelle l'infirmière plantureuse qui lui a fait un « rentre-dedans » de dingue avant qu'il ne cède enfin à ses opulentes avances, Florence, la petite journaliste venue couvrir ce retour aux affaires et « rédiger un papier » et sa copine Anne, Marjorie la Juge des libertés et de la détention, et quelques autres convives triés sur la volet.

La petite fête connaît un franc succès...

2

- De la viande saoule, Dieu sait que j'en ai vue, et que j'en verrai très probablement d'autre, mais une bringue de cette magnitude, Richter en serait resté pantois ! S'exclama, coite, la petite infirmière eurasienne.

- Richter, mais aussi Gutenberg et Kanomori, ses aides de camp, chère Emma ! Dans des déflagrations orgiaques de cette ampleur, il est bien rare de ne pas trouver un ou deux invités, en général des filles, qui boivent pas, ou en quantité nettement plus raisonnable. Mais là, y a aucun rescapé du tsunami alcoolique. L'ouragan spiritueux a tout balayé tout sur son passage.

Puis, d'un regard périphérique évaluateur :

- C'est l'apocalypse ! Renchérit le médecin.

Plus miséricordieux, le solide brancardier qui

complétait l'équipage médical, prit , à son tour, la parole :

- Mais du coup, qui a bien pu nous téléphoner ?
- Moi ! Tonna une voix de l'intérieur de l'habitation. Et je suis pas contre un p'tit coup de pogne !

La nurse interrogea du regard son référent, qui acquiesça. Elle le devança dans le cabinet médical. Avant de lui emboîter le pas (qu'elle avait minuscule), le docteur Paldire pria le second mâle de procéder à un sérieux et détaillé « tour du propriétaire » afin de lui faire un point sinon exhaustif au moins précis des victimes à médicaliser.

L'infirmière et le médecin confluèrent dans le hall où un homme, entre bouche-à-bouche et massage cardiaque, génufléchi sur une femme allongée à même le carrelage, ne ménageait pas sa peine.

Un bref examen visuel à la volée des silhouettes gisant dans le bâtiment prolongea l'affligeant constat extérieur, corroborant, s'il en était encore besoin, l'ampleur de la nouba.

Emma invita le requérant à lui confier sa patiente. Alors que le praticien lui proposait de répondre à quelques brèves questions, elle prit le relais.

- C'est mon boss qui m'a phoné pour me dire de radiner mon museau par ici. Que ça s'agaçait un peu, et que j'pourrais être utile si les esprits continuaient de se chauffer. Pendant que je lui demandais si fallait prévoir des renforts, en cas d'empire, il a perdu sa langue. Muet comme une carte !

Le docteur ouvrit des yeux médusés, se demandant si c'était du lard ou du cochon. Autant de fautes de langage Pour autant, il ne pipa pas mot. Denis, l'homme de main du caïd coréen nommé Boun, embraya :

- Mais son bigo marchait encore car j'entendais les bruits du dehors. Pas tranquille, j'ai sauté dans ma caisse et rappliqué. Je suis là depuis à peine dix minutes. Sacrée chouille, non ? La blonde, là (en désignant la patiente qu'il avait ventilatoirement assistée durant de longues minutes), c'est elle qui m'a accueilli. Paraissait en forme la frangine, jusqu'à ce qu'elle s'effondre, comme un vulgaire château en Espagne.
- Un château de cartes ? Ou de sable ? Voulez-vous dire ? Coupa instinctivement, joueur, malgré une situation qui ne s'y prêtait pas de prime abord, l'urgentiste.
- Peut-être bien, ouais. C'est vous l'intello qu'a été à l'école, pas mézigue ! Bref, elle a pété un fusible sans prévenir, miss Hélium. Disjonctée net, maman ! C'est con quand même. Une pouliche avec des mesures comak, on s'attendrait à ce qu'elle soit solide...

Apparemment, le Doc s'amusait beaucoup des coquilles de langage de son interlocuteur. La répartie à la surface du puits de chargeur, prête à être propulsée violemment hors du canon, il esquissa un sourire mutin. Mais, son rictus se biffa net contre le faciès réprobateur de la soignante. Qui n'était visiblement pas dans le même état d'esprit. Il béait son clapet pour rectifier le « les mensurations » quand il capta le regard sceptique d'Emma, qui lui *conjuimait* de n'en rien faire.

Denis n'y avait vu que du feu. Nullement décontenancé par la première reprise de volée qu'il était aller chercher au fond de ses propres filets, il jugea futé d'ajouter :
 - Malgré les quelques mornifles que j'y ai balancées, j'ai quand même gaffé de pas l'abîmer, elle restait aux abonnés absents. Respirait plus la gerce. Electrocardiopode plat.

Le toubib se mordit fortement la lèvre inférieure pour contenir un ricanement.

 - Ni une, j'ai été obligé de lui palper un peu les roberts, et lui rouler quelques gamelles de compète en vous attendant. Et, devant les yeux noirs de la soignante, d'ajouter : C'est bon, ma soeur, je déconne. Evidemment que j'ai pas profité de la situation. Je suis pas un pervers. »

Malgré les excuses, et exaspérée par ce dialogue de sourds pour dîner de cons, l'infirmière intervint :
 - Patron, je crois bien que c'est Armelle, l'infirmière de la nuit.
 - Vous plaisantez ?

L'homme de l'art fit quelques pas de crabe avant de confirmer :
 - Vaaaache ! Mais oui, vous avez raison, c'est bien elle. Qu'est-ce qu'elle fiche ici ?

Soudain, un coup de sirène se fit entendre à l'extérieur de la grille.

Max, qui les attendait, pour la bonne raison que c'était lui qui les avait requis, avança jusqu'au portail pour leur ouvrir. Deux équipes médicales arrivaient simultanément. Il faudrait bien tout.

Une fois Armelle sous assistance respiratoire, on la transféra au centre hospitalier de Riom. Le binôme primo-intervenant ayant jugé que, eu égard aux circonstances pour le moins graveleuses, et au teint majoritairement zinzolin des noceurs, il serait fort peu judicieux de la faire admettre, avec la troupe comateuse, au C.H.U. où elle œuvrait.

Les trois médecins se repartirent les check-up, et sollicitèrent des véhicules sanitaires légers supplémentaires afin de pouvoir transbahuter tous ces ivrognes jusqu'à une zone médicalisée, où ils pourraient dégriser en toute sécurité... L'état général de leurs ouailles les préoccupait. Et tout particulièrement celui de deux adolescentes.

3

Vendredi 16 juillet 1993. C.H.U. Gabriel Montpied.

- Léo, tu devrais venir mater. Y a un joli petit lot en salle d'attente. Ça peut pas manger de pain de voir ce qui l'amène...

- Pas le temps, Hervé. J'ai un patient à suturer. Une bonne quinzaine de points à faire à un skater. Ça fait une plombe qu'il poireaute, le pauvre.

- Et ben il est plus à dix minutes près ton « Tony Hawk » ! Il avait qu'à pas se croûter, ce nigaud.

- Tony qui ?

- Laisse tomber.

- T'as vraiment aucune morale. Et pas plus de conscience. Ta minette, je la verrai à l'issue de la couture. Et si elle a mis les voiles, c'est qu'on devait pas se rencontrer.

Point barre.

- T'es bien sûr ?... Putain, mais tu fais chier, Léo. Reléguer un cul pareil après un patient, c'est pêché. Limite faute professionnelle. Il est fou, ce mec ! Tu fais honte à la profession, tu t'en rends compte de ça ? Qu'est-ce qu'on va devenir avec des gonzes comme toi ?

- Toi, je sais pas. Mais moi, je vais être médecin, je te le garantis. Allez, trêve de palabres, j'y cours. T'as qu'à aller lui conter fleurette, toi à la petite.

- 'Tain, j'en ai déjà trois sur le feu. Si ça continue, un de ces quatre, je vais éjaculer en poudre ! Alors, cette fois ci, je passe mon tour. Même si je dois bien avouer que c'est parfaitement mon type de gerce. Je la garde dans le viseur pour ton retour amigo. Magne-toi.

Léo haussa les épaules en se dirigeant vers le box où l'aide-soignante venait d'installer le patient blessé à la jambe gauche. A portée de voix, il se présenta à l'homme à qui la jeune hospitalière désinfectait, pour la énième (si l'on considérait la remarque que lui faisait l'homme alité) reprise, la plaie.

Le regard sur l'horloge à clapets, indiquant mercredi 3 novembre 1993, 18 h 37, l'interne se passa les mains sous l'eau pour la trentième fois de la journée. Il saisit l'aiguille du chas duquel pendait un fil nylon sombre. Avant de commencer à refermer la blessure, Léo expliqua à son patient comment il allait procéder, et, dans une interrogation négative qui n'attendait qu'une réponse de la même forme, le convainquit de l'inutilité d'une anesthésie locale.

Quelques instants plus tard, une virile poignée de

mains scellait l'intervention et séparait les deux hommes. Celui en bermuda trop large et baskets délacées quittait les urgences en boitillant.

*

La salle d'attente s'étant vidée de sa substantifique moelle. Ayant totalement effacé de sa mémoire la petite conversation qu'il avait eue avec son confrère interne, Léo se lova dans un des fauteuils en moleskine bleu mat de la salle de restauration, et alluma une cigarette. Il mit le téléviseur sous tension et zappa comme un spectateur peu concerné.

Pour écraser sa cigarette dans le cendrier, qu'il plaçait systématiquement sur le rebord de la fenêtre, il se redressa et ouvrit la baie translucide. Il reployait le filtre sur lui-même, égrugeant le cône de cendres incandescentes restant, quand son regard se porta sur une femme brune, flanquée d'un type en blouse blanche. Pour quelqu'un qui passait son tour... Quel sale petit obsédé, cet Hervé ! murmura Léo amusé.

Une mini-braise, épargnée de l'étouffement programmé, lui brûla l'épiderme du pouce. Voila ce qu'il en coûtait de faire deux choses à la fois...

Puis, il quitta la pièce et se mit à arpenter le couloir à la recherche d'une occupation. Aucun patient en souffrance, il entama un tour des chambres pour deviser avec quelques malades.

Quand, quelques minutes plus tard :
- Il est où Monsieur Conscience ? Crut-il entendre

vociférer dans le couloir.

- Dans ton... S'étouffa-t-il, pour ne pas céder à la vulgarité. En priant de l'excuser, il prit congé de l'aïeul avec lequel il entamait de refaire un petit bout de monde, et apparut dans le couloir.

Son collègue interne Verlaine brandissait fièrement un rectangle de papier, manuellement déchiré sur lequel avaient été griffonnés une dizaine de chiffres, dont on pouvait deviner qu'ils constituaient des coordonnées téléphoniques. Léo conclut qu'il avait récupéré le « dix chiffres » de la fameuse patiente.

- Heureusement que t'étais pas intéressé, mec...
- Mais, je le suis pas ! C'est pour toi que j'y suis allé. Elle allait partir avant que tu reviennes. Du coup, j'ai été contraint d'intervenir. Tu m'as obligé à entremettre.
- A entremettre ? Ben voyons !
- Sur la tête des canards ! Son phone, je m'en tape complet. D'ailleurs, comme tu fais ton bégueule, regarde ce que j'en fais.

Et il déchira le morceau de papier en deux. Avant de continuer à émietter les moitiés, Hervé Verlaine adressa un regard interrogatif à son interlocuteur qui ne bougea pas un cil. Quelques secondes plus tard, ce que l'interne roux brandissait comme un trophée, était réduit à l'état de confettis.

- Dommage, t'avais un ticket mec !
- Si tu le dis. Mais comme disait mon grand-père :

une de perdue...

- Le mien aussi disait quelque chose comme ça, également. Mais l'adjectif perdu implique qu'il y ait eu relation avant. Or, là...

- Je te l'accorde. Je retire donc une de perdue. Ça te convient ?

- Bof. Si on veut ! En tout cas, c'est pas avec une attitude aussi dilettante que tu risques de retrouver les dix promises.

- Qu'est que je ferai de dix femmes ? Une serait suffirait.

- Exact. Et elle était à quelques mètres de toi. Parce que, crois-moi, et là, je suis très sérieux, la petite, elle t'avait bien repéré. Tu lui avais, comme qui dirait, tapé dans l'oeil. Et quand je lui ai dit que t'étais un toubib consciencieux et un poil timide, elle a eu l'air de te bader un peu plus encore. Heureusement, je suis une mère pour toi. Et comme les mères connaissent leurs petits par cœur, je savais aussi que, même avec son numéro de téléphone, tu l'appellerai pas. Sans avoir eu de contact avec elle, aucune chance. Alors je lui ai refilé ton fixe.

- T'as pas fait ça, abruti ? Mais, il est trop con ce mec ! Qui c'est qui m'a donné un collègue aussi débile ? Si elle voulait me revoir, ta nana, elle savait où me trouver. Putain, j'ai horreur de ça. Tu le sait ce qu'elle a dans le cigare c'te minette ? Si elle a un pet au casque, c'est qui se farcira ses délires, c'est ta pomme ? T'as vraiment rien dans le citron ! Dès que ça sent le cul, tout s'éteint ici pour toi. Lui aboya-t-il en pointant son index sur sa tempe droite. Je te préviens, si jamais elle me les brise, tu vas m'entendre. Et les frais de changement de numéro, tu te les braqueras, Ducon.

        - Oh, oh, calmos amigo ! C'est quoi cette crise ? T'es fondu, l'ami. Tu vas pas nous en faire tout un frometon. Elle est peut-être très bien c'te meuf. Pourquoi dramatiser à ce point ? C'est d'accord, je reconnais que j'aurais pas dû. S'cuse. Autant, tu me remercieras dans quelques jours.

        - Tu parles ! Croise les doigts pour que ce soit pas une chieuse.

        C'est rien de dire que Léo était chagriné par les révélations de son binôme. Hervé ne pouvait pas deviner qu'il s'était mis sur liste rouge en raison des affres d'une précédente liaison. Une femme, du reste pas *esthastique*, à qui il avait cédé par crainte de la blesser au moment de l'éconduire. Fallait croire que la gentillesse ne payait pas. Elle l'avait harcelé au téléphone de son domicile, avant de venir carillonner à son interphone, d'abord le soir, puis au beau milieu de la nuit. Ça avait duré des semaines, excédant, au passage, le voisinage de l'immeuble. L'étudiant en médecine avait songé à se venger, mais il s'était ravisé. Sachant pertinemment que ce genre de personnage n'attend qu'une seule chose : qu'on s'intéresse à lui. Et la vengeance, offrant cette opportunité, risquait fort de produire l'effet inverse de celui désiré. Il avait donc choisi de feindre l'indifférence, malgré la pression, sans cesse plus pressante des colocataires, qui rendait son inertie mutique plus que délicate. Un gros trimestre avait été nécessaire avant que la folasse ne finisse par les lui lâcher.

        Aussi, l'idée qu'une nouvelle femme, dont il ne connaissait strictement rien, possède son numéro de téléphone ne l'enchantait guère. L'interne Talon boucla sa vacation en prenant soin d'éviter son collègue de promotion, histoire de lui faire payer sa coupable hardiesse.

En rentrant chez lui au petit matin, toujours passablement furax, il passa sous la douche.
Avant de s'effondrer sur son pieu, son œil fut attiré par la petite lumière clignotante sur le guéridon. Il avait deux messages.

4

Jeudi 18 novembre 2010.

- Putain, mais qu'est-ce que tu peux bien foutre, Ben ? Cinquième message et pas le moindre signe de vie. Tu fais chier ! Si je suis en retard chez le Proc', il va me découper ! Et puis, qu'est-ce que je lui raconte pour toi ? Tant pis, j'improviserai. Bye. Pesta Inès en raccrochant.

Elle décrocha la clé de la Golf qui pendait au crochet du tableau de bois sur lequel étaient punaisés, dans un agencement dont il aurait été bien malaisé de trouver une quelconque logique, divers documents, papiers, télégrammes et autre coupures de presse. C'était LE pense-bête du groupe. En tous cas, l'affichage à vocation collective, chaque enquêteur ayant, sur son bureau ou à un proche entour, d'autres mémos plus personnels.

Pour son rendez-vous avec le magistrat mentionné supra, celui qui dirige l'action de Police Judiciaire, et par effet induit, celle de son unité, Inès avait fait un effort vestimentaire. Troqué son intemporel jean élimé, ses bottines lustrées, son perfecto patiné et râpé par les années et quelques *galirouettes* effectuées, volontairement ou non, avec des malandrins peu enclins à se voir privés de liberté, qui plus est, par une fliquette, contre un pantalon de lin crème, un boléro de velours ras bleu roi et une paire de mocassins londoniens. Très british collège, la petite Lieutenant caractérielle.

Comme à ses habitudes, elle dévala les escaliers quatre à quatre. Elle enserrait la poignée de porte du garage quand retentit son portable. Ouf, Benoît se manifestait enfin ! Raté, ce n'était que son connard de chef. Elle mourut d'envie de lui coller la boite vocale, mais, suffisamment dans son viseur, se ravisa au dernier moment.

- Perret, j'écoute.

- Dites Lieutenant, où se cache votre alter-égo de Decajoux ?

- Pas le moindre idée, monsieur. Et pas plus le temps de vous parler. Je fonce chez le Proc', et je suis à la bourre. On fera causette à mon retour si ça vous dérange pas ?

- Et si ça me dérangeait... ?

La question du Commissaire Akhoua resta en suspens. Son incorrigible chef de groupe venait de lui couper le siffler, lui raccrochant fort impoliment au nez.

- Quelle peste ! Commence à me courir, celle-là !

Silence assourdissant

Chef de groupe à la Section criminelle du SRPJ*, la lieutenant Perret, également surnommée « la petite sauvage » ou tout autre syntagme à signification insubordonnée, était un sacré caractère. Sens policier ultra développé, mais authentique tête de lard. Malgré de récurrents rappels à l'ordre de son commissaire, elle ne faisait quasiment que ce qu'elle voulait, s'attirant -de facto- régulièrement ses foudres. Entre son chef et elle, ce n'était logiquement pas le grand amour.

Les pneus taille basse de la WV sport crissèrent sur le ciment gris souris de la cour de l'hôtel de Police. La jupe avant de la berline frotta légèrement en passant le bateau d'entrée. En deux coups les gros, Inès avait eu raison du carrefour voisin, toujours merdique, et faufilait prestement sa chignole dans le flot d'une circulation encore assez dense, usant habilement du binôme gyrophare-deux tons. Tout en souplesse, elle se joua des nœuds automobiles, remonta sur la place Gaillard, et parvint jusqu'à « l'antre de la chicane » *(comme aimait à le surnommer Zola)* où le préposé à la barrière, rompu aux pare-soleil à six ou onze lettres luminescentes, fit pivoter de 90° verticaux l'arc de la barrière.

Inès était vernie. Comme elle arrivait, un cabriolet et sa chauffeuse *solunettée* quittaient leur stationnement. L'enquêtrice avala d'un trait l'étage qui la séparait du couloir du magistrat avec qui elle avait rendez-vous, théoriquement avec son collègue. Une fois dans l'enfilade, Inès prit quelques secondes pour se calmer, souffler un peu et vérifier

**SRPJ : Service Régional de la Police Judiciaire.*

sa tenue. Tout était en ordre. Elle extirpa de son sac à dos un petit miroir qu'elle plaça face à elle, fit un sourire afin de vérifier qu'elle n'avait pas le « portail chargé », puis vérifia que le peu maquillage qu'elle s'était autorisé était net.

Ses yeux achevaient le tour ovoïde de son minois quand une voix, aux intonations sardoniques, prononça ces mots :

- Vous vous trouvez trop en avance ?... Déjà incapable d'être ponctuelle, vous daignez aggraver votre cas en vous poudrant le nez dans les couloirs du Palais. Seriez-vous masochiste, Lieutenant ?

Prise au dépourvu, ce qu'elle ne goûtait que très modérément, Inès n'eut d'autre répartie que :
- Pas le moins du monde, bonjour Monsieur le Procureur. Lui retorqua-t-elle en tendant la main. C'est juste que, dans la précipitation, je craignais de ne pas être suffisamment présentable. Et pour le léger retard, je vous présente mes excuses, Monsieur.
- Refusées ! Quand on cale un rendez-vous, c'est précisément pour ne pas avoir à attendre. Je vous aurais appelée au débotté pour vous prier de rejoindre mon bureau toutes affaires cessantes, j'aurais pu comprendre. Mais enfin là, nous avons convenu des dates et heures avec votre chef, il y a maintenant une semaine. Ça laisse un peu de temps pour s'organiser non ?

Inès était dans la nasse. Son boss ne l'avait prévenue qu'en début d'après-midi, quelques deux heures auparavant.

Silence assourdissant

A peine le temps nécessaire pour laisser en plan le dossier sur lequel elle était en train de « gratter », détaler chez elle pour se passer un coup d'eau, se changer et regagner son service où elle était censée retrouver Benoît, son binôme aux abonnés absents depuis trente heures. Elle aurait pu incriminer son empaffé de chef, mais ce n'était pas le genre de la gamine. Perdu pour perdu, elle prendrait tout pour elle. La policière baissa les paupières et laissa son interlocuteur poursuivre.

- Et mon copain Decaj', qu'est-ce que vous en avez fait ? Decaj' où ?... » Monsieur Dustre-Iyelle afficha une autosatisfaction non feinte : Pas mal, celle-ci ?

C'en était consternant de médiocrité. Mais Inès ne put évidemment ni relever, ni s'aventurer à s'en gausser de quelque manière. Elle esquissa un micro-sourire et rétorqua :

- Ça, je serais bien en mal de vous le dire. Zéro nouvelle de lui depuis un jour et demi.
- Vous m'en direz tant ! Marjorie, ma J.L.D*, est elle aussi injoignable depuis vingt-quatre heures. Peut-être que nos deux collègues ont été pris dans le même guet-apens ? Sourire carnassier... Ou qu'ils ont, pour nous, d'inavouables secrets ?... Re-sourire auto-satisfait... Mais revenons à nos moutons, je vous prie. Avez-vous le dossier « Lorca », afin que je rédige mon réquisitoire introductif ?
- Hélas non, monsieur. Benoît l'avait emporté chez lui, afin de peaufiner la mise en page, ce qui fait que....
- Ça va, ça va, je suis pas idiot ! S'exaspéra-t-il. Inutile de me faire un dessin. D'abord le retard, et

JLD : Juge des Libertés et de la Détention.

maintenant le dossier. Il s'acharna : Vous avez vraiment décider de me faire perdre mon temps, Lieutenant.

Inès aurait pu également préciser qu'elle avait fait un crochet chez Ben, et avait trouvé porte close. Mais, en réponse à l'accueil glacial que le parquetier* lui avait réservé, et jugeant toute digression stérile, elle se referma comme une huître et se tut de nouveau.

Le Procureur s'obstina lourdement :

- On fait quoi alors ?

Son interlocutrice officier lui aurait bien rétorqué une vulgarité dont elle était friande, du genre : *on s'gratte le fion*, ou encore pire *on s'encule ou on prend le train ?*, mais c'eut été un suicide programmé. L'envie de répondre que c'était lui le Procureur, et qu'elle, petite Lieutenant, n'était qu'un simple soldat aux ordres, la chatouilla aussi. Mais, là encore, jugulant ses velléités désobligeamment rebelles, elle s'abstint de tout commentaire.

- Ben, qu'est-ce que vous faites encore là, Lieutenant ? Allez troquer cette tenue d'apparat contre votre intemporel ensemble cuir-jeans-bottes, et retrouvez-moi votre amoureux dare-dare.

La coupe était pleine. Non seulement, elle avait -salement et toute seule comme une grande- essuyé le courroux acide du Procureur, mais en plus, elle venait de subir une effraction en règle de son intimité affective. Ça faisait beaucoup pour un rendez-vous éclair. Beaucoup trop ! Elle se leva du fauteuil de cuir fauve et fit demi-tour, pour

**Parquetier : Surnom donné aux magistrats par les policiers.*

prendre la porte, quand, contrairement à ses dernières instructions, le magistrat asséna :

- Je ne crois pas vous avoir donné congé Lieutenant. Rasseyez-vous immédiatement, je vous prie !

Ce énième caprice autoritariste eut autant d'effet sur la policière qu'une goutte sur une plume de colvert. N'en ayant cure, Inès poursuivit en direction de la sortie. Elle saisit la poignée de la porte, sur laquelle elle imprima une pression verticale.

- Lieuuuteeunnaant ! Tonna le magistrat bafoué. Je ne vous le répéterai pas, menaça-t-il.

Son ex-interlocutrice, car, à ce stade, de dialogue il n'y avait plus, ne daigna même pas lui adresser l'esquisse d'un regard. Dos au bureau, avant d'être visuellement hors de portée, elle leva le bras gauche qu'elle avait de libre, serra le poing avant d'en déplier irrespectueusement le majeur, et le tint bien droit en l'air, une grosse seconde, avant de claquer la porte capitonnée du plus violemment qu'elle put.

Ce geste univoquement irrévérencieux à peine exécuté, Inès mesura la portée de son acte. Despotique et mégalomane comme il l'était, son supérieur judiciaire n'en resterait pas là. Il allait lui en cuire.

La suite était tout à fait binaire : Soit Inès attendait patiemment les retombées de son coup de sang, et le coup de bâton ne se ferait pas attendre bien longtemps, soit elle prenait les devants. Elle phosphorait à plein régime en franchissant le portique de sécurité du Tribunal

Correctionnel. Surprise, une fois atteint le parvis, que « Sa Majesté Firmin 1er » n'ait pas jugé utile de la faire interpeller avant sa sortie. N'ayant pas eu le temps matériel de solliciter les services de Police, il avait certainement craint qu'un affrontement entre le vigile -bien maigre préposé à la sécurité- du « Palais » et la Lieutenant dégénère. Et que la renégate, dont il n'ignorait rien du tempérament bagarreur, prenne le dessus sur son contradicteur. Jetant ainsi l'opprobre sur le service de protection attaché à son Tribunal.

De toutes les façons, Inès s'en fichait. Elle était inquiète pour Benoît. Donc, avant toute autre chose, il fallait vérifier qu'il ne lui était rien arrivé de rare. Elle dropa sur l'hôpital

Il fallait qu'elle en ait le cœur net. Inès ne supportait pas de ne pas comprendre.

Un passage au C.H.U. lui donnerait, peut-être, une réponse. Permettrait éventuellement d'orienter ses investigations. Ou pourrait « fermer une porte », comme on dit en procédure judiciaire.

En arrivant à l'accueil, elle s'adressa à une rouquine ragoutante et peu accorte. Le profil même d'interlocutrice qu'elle exécrait. Elle aurait parié un billet que, quelle que soit sa question, la réponse serait invariablement négative.

Inès exhiba sa brème, et demanda à voir Armelle, dont Benoît lui avait divulgué l'existence. L'infirmière n'était pas là. Beaucoup se seraient contentés de cette réponse, mais pas la petite Lieut'. Qui insista :

- Elle travaille pas ?... Ou elle est pas là ?

- Je ne suis pas autorisée à répondre à votre question, Lieutenant. Je ne peux hélas vous en dire plus.

L'enquêtrice fulmina. Et c'était bien visible.

Comme il était dit que ce n'était pas sa journée, elle posa ses deux mains sur la banque, et d'un bond en avant, actionna le bouton-poussoir rouge qui libéra les portes coulissantes. Malgré le véto audible de son interlocutrice, elle détala, piqua un bref sprint et se retrouva dans le couloir desservant les chambres. Il lui fallait faire vite, la sécurité ne tarderait pas. Inès ouvrit les portes de chambre une à une. S'excusant à chaque fois pour le dérangement. Répétant l'opération le plus possible, jusqu'à ce qu'un solide gaillard, en bombers-pantalon de treillis noirs et rangers, ne surgisse du fond du corridor, et vienne à sa rencontre, l'air passablement contrarié et un brin menaçant. A quelques pas de la femme-flic, il extirpa de sa poche un objet sombre, qu'Inès identifia instantanément comme un boîtier à impulsion électrique paralysante.

Elle écarta le pan de son blouson, porta la main à son ceinturon, chaussa la crosse de son revolver chromé. Et intima au colosse de retourner voir ailleurs si elle y était.

Pas plus impressionné que ça, le vigile continua de fondre sur sa proie.

Inès le mit de nouveau en garde, et en joue, comme il n'obtempérait pas.

Le Richard Kiel du C.H.U. était sourdingue. Complètement con. Ou les deux. Il fit deux pas de plus. En réalité, précisément deux et demie. Le troisième fut interrompu par un coup de feu. Immédiatement suivie d'une tache sanguinolente au pectoral droit. Le géant s'écroula au sol comme un pantin inanimé.

Inès le regarda choir sans l'ombre d'un remords. Elle se surprit même à vouloir continuer sa visite des chambres. Mais, la sortie dans le couloir de quelques patients alertés par la détonation, et l'arrivée de personnel soignant la persuada de n'en rien faire. Elle prit la direction de la sortie, son arme de poing toujours en main, et se fit la malle.

Personne ne tenta de l'intercepter.

6

Eté 1993.

Vous avez deux nouveaux messages... :
Aujourd'hui, dimanche 25 juillet à 14 heures 30... Monchieu Talon, c'est Maria. Ch'ai un colis pour vous à la loche. Chi vous rentrez pas trop tard, ch'essaierais de vous guetter. Chinon, ch'attends de vos nouvelles. A bientôt...
Aujourd'hui, samedi 24 juillet à 21h33... Léo, c'est ta maman. Encore au boulot ? Quand t'auras deux minutes, donne des nouvelles... Ou mieux, invite-toi à manger à la maison. Ça fera plaisir à ton père... Et à moi aussi, évidemment ! Je t'embrasse, mon grand...
Fin des nouveaux messages.
Vous n'avez pas de messages archivés...

Bip. Bip. Bip.

Léo avala d'un trait le verre de jus d'ananas glacé dont il se rinçait invariablement le gosier au réveil. L'acidité des jus d'orange avait fini par l'écœurer, quand le nectar d'abricot, trop sirupeux, ne lui rinçait pas assez efficacement la gorge desséchée par le sommeil. En ce moment, c'était ce fruit tropical qui avait ses faveurs. Pour combien de temps ?...

Il jeta un coup d'œil sur le paquet de céréales, mais se ravisa. Il avait plutôt envie d'un bon morceau de pain toasté.

Avant de se glisser sous un bon jet d'eau chaude, l'interne déplia son tapis de gymnastique, et enchaîna la douzaine de postures du réveil articulo-musculaire, dont il avait pris l'habitude de faire une séance chaque matin. Astreignant au début, devenu véritablement indispensable aujourd'hui pour lui permettre de bien débuter sa journée. Vingt minutes plus tard, parfaitement « dérouillé » et propre comme un sou neuf, il donna deux tours de clés à sa porte avant de dévaler le tapis tressé andrinople des escaliers.

Sur l'élan, il avala littéralement le hall d'entrée, avant de fondre sur la lourde porte vitrée en fer forgé, dont il agrippa la poignée d'une prise tonique. Il s'apprêtait à se faufiler à l'extérieur quand il entendit derrière lui :

- Docteeeuuur ! Vous prenez pas votre colis ?
- Ah, Maria, bonjour. Pardonnez-moi. J'ai bien eu votre message, mais la douche vous a effacée. Enfin, façon

de parler. Allez, donnez-le moi. Je vais le remonter.

- Vous avez l'air pressé. Laichez. Che vous le monterai dans la matinée. Che voulais pas vous réveiller ce matin. Tant que che suis là-haut, vous voulez que che fasse un brin de ménache ?

- Ma foi, pourquoi pas ! Le colis et un brin de ménage, j'achète. Normalement, c'est pas trop sale, mais votre chiffon magique fait passer mon labeur pour un vulgaire époussetage. Je dois avoir quelques blouses à repasser aussi. Si vous avez un petit quart d'heure de plus.

- Entendu Docteur. Ce sera fait. Comptez sur moi.

- Vous êtes un amour Maria. Et moi, pas encore médecin.

- Ch'est tout comme, Docteur. Puis, moi ch'aime bien vous appeler Docteur. Sauf si vraiment, ça vous déranche.

- Non, Maria. Ça me dérange pas. C'est juste un peu prématuré. Mais pour vous, je peux faire une entorse.

- Merci. Bonne journée.

- Egalement Maria.

Léo s'engagea dans la rue Bansac, monta Jean Jaurès, où était sise la boulangerie dans laquelle il avait ses habitudes. Pourtant, en passant devant la boucherie du coin de la rue, des exhalaisons de saucisses vinrent lui titiller les papilles. Il tenta bien de dépasser l'enseigne porcine, mais sa gourmandise en décida autrement.

Il recula de quelques pas et entra dans l'échoppe.

- Bonjour Monsieur.

- Bonjour. Excusez ma curiosité, mais quel est ce

sublime fumet qui m'a harponné les branchies, enfin, plutôt les naseaux ?

- Ah oui ! Un petit essai que je tente ce matin. Une base de saucisse de Toulouse à l'Abondance. Ça vous tente ?

- Mieux que ça ! Je partirai pas d'ici sans avoir mordu dedans.

- Vous êtes aux pièces ou vous avez deux minutes devant vous ?

Léo jeta un œil à sa tocante. Il avait un gros quart d'heure de rab'. Il en fit part à son *interlocurien*.

- C'est parfait. Je ferme l'estanco quelques minutes, le temps de récupérer une miche de pain, et d'ouvrir une quille rouquin.

- Vous voulez que je m'occupe du pain ?

- Allez.

L'interne en médecine trottina jusqu'à la boulangerie voisine où il interrogea la vendeuse sur une éventuelle prochaine fournée. Elle s'absenta quelques instants et revint avec un panier vertical, partiellement empli d'une douzaine de flûtes dorées. De l'index, Léo lui indiqua deux spécimen, posa l'appoint, et saisit les deux baguettes brûlantes, que la jeune femme avait délicatement entourées d'un torchon. Elle pria son client de faire penser à Roger de bien penser à lui ramener le rectangle de tissu farineux. Léo en resta comme deux ronds de flan. Comment savait-elle ? La question ne resta pas longtemps sans réponse. Un quinquagénaire opalin et famélique sortit de derrière le comptoir, en lançant :

- On va la faire cette pause casse-croûte ?

- On y va. Bonjour, je m'appelle Léo.

- Moi, c'est Alfred. Qu'est ce qui nous a essayé le Rodgeur ce matin ?

- S'il n'a pas jugé utile de vous le dire, je ne vais pas trahir le secret. Et vous laisse le plaisir de la découverte.

- Je suis pas très « surprise » comme gars. Allez, accouche fils.

- On est arrivés. Vous tiendrez bien quelques secondes de plus ?

Le père Aizefort afficha une moue dubitativement contrariée. Devait pas être habitué à ce qu'on le contredise, l'ancien. Une fois ses convives dans le bouclar, Roger mit un tour de clé à la porte de la boutique. A l'instar de celui du barbier qui prétendait raser gratis le lendemain, le verso du rectangle de plastique accroché à la chaînette ventousée à la vitre, mentait lui aussi : *Je reviens dans quelques minutes.*

Le toujours suggestif son du bouchon qu'on expulse dynamiquement du goulot sonna le début des agapes. Incontestablement le plus avenant des trois, l'hôte prit la parole pour introduire son collègue commerçant à Léo, qui ne se fit pas prier pour se présenter à son tour. Les assiettes qu'avaient sorties le boucher n'auraient pas besoin de passer par l'eau de vaisselle, car les trois bonshommes ne les usitèrent point. Tous prirent un solide morceau de pain tiède, lui pratiquèrent une balafre incicatrisable, lustrèrent (pour deux d'entre eux seulement, Léo étant fort peu « sauce », considérant comme des condiments polluant notablement la saveur originale des mets auxquels on les adjoint) une des surfaces de mie de moutarde à l'ancienne, et y posèrent une saucisse, qu'ils fendirent, elle aussi par son axe de symétrie. Convié à choisir une appellation à son prototype, le concepteur le baptisa « la Toulousance ».

- Merveilleux ! soupira Léo.

Moins enclin à la dithyrambie, Alfred se fendit malgré tout d'un signe de tête on ne peut plus clair. Quant à Roger, il donna dans l'autocritique en estimant que l'Abondance n'était probablement pas le meilleur choix pour cette association.

- Les arômes fruités d'un Comté bien affiné seraient peut-être plus résistants à la cuisson mêlée ? s'aventura le petit nouveau.

- On vous apprend aussi la cuisine à la faculté de Médecine ?

Lâcha le mitron, sans une ride de sourire sur son faciès cadavérique.

- Et tant d'autre choses, mon bon Alfred. Vous permettez que je vous appelle Alfred ?

- Aucune objection, petit.

- L'idée du Comté, c'est pas con du tout. On essaiera ça à l'occase. Eh, dis Al', tu te détends un peu avec notre invité ? C'est pas tous les jours qu'on rencontre un autochtone qui sort du lot. Alors, range ta grognerie dans tes fouilles ou jarte becqueter ailleurs, vieux croûton grincheux !

C'était pas envoyé dire.

Alfred feignit de prendre ça comme une plaisanterie, et pas la mouche, mais n'enfuma personne. Son pote venait de le tacler propre, et c'était parfaitement justifié. Les deux spécialistes des métiers de bouche se connaissaient suffisamment bien pour se permettre de se dire leurs vérités, quand c'était nécessaire. Et là...

Léo se délecta de son casse-croûte avec une mine réjouie qui en disait long sur son plaisir gustatif. Le boucher-charcutier bascula son ballon de rouge et invita Léo à l'imiter, mais ce dernier déclina l'offre, motivant sa carence par la nécessité de garder les idées claires au travail qu'il devait à présent rejoindre. Il s'enquit de ce qu'il devait, et n'obtint comme seule réponse qu'une main que le commerçant lui proposait de serrer.

L'interne en serra également cinq, beaucoup plus osseuses, au *bouganger*.

Avant de déverrouiller la porte d'entrée et de prendre congé, il prit un des carrés de papier trônant sur le comptoir, et y inscrivit identité, coordonnées et hôpital où il officiait. En cas de besoin, conclut-il.

*

Arrivé sur zone, il fit le tour du service pour saluer tout le personnel présent. Il entra dans son bureau, où une silhouette féminine occupait le fauteuil. Elle était en train d'écrire. Il s'approcha silencieusement d'elle, posa les mains sur ses deltoïdes, par dessus la blouse, et la massa doucement.

- Je reconnaîtrais ces mains parmi des milliers. Salut Léo.

- Salut ma belle.

Ma belle, c'était une expression. Une façon de parler. Et pour le coup, un véritable abus de langage. Car le Docteur Talaron était tout sauf belle. Le Créateur devait être sacrément en pétard quand il conçut ce prototype. Il se serait penché sur son berceau pour s'y venger d'un impardonnable affront qu'il n'aurait guère fait pire.

Delphine était un petit bout de femme, légèrement trapue, avec des terminaisons de membres tellement potelées, que nullement féminines. Ses pieds et mains étaient conclus par ce qu'il aurait été juste de nommer l'antithèse du doigt ou orteil gracieux. Dans le carnage de sa création, elle avait échappé à la stéatopygie, mais rien d'autre, ou presque, ne lui avait été épargné. Poitrine absente, *(Waterloo, morne plaine ! Pardon...)* cheveux coupés courts, car constellés d'épis. Un champ de mines capillaires ! Son faciès, archétype du visage de boxeur, était à l'avenant. Maxillaire inférieur prognathe, pommettes et arcades protubérantes, nez épaté, et yeux disproportionnés. D'un bleu-gris qui rendait son regard, pour qui venait juste à le découvrir, presque inquiétant. La dentition, tout à fait harmonieuse, faisait presque figure d'intrus dans ce concert d'infortunes. Léo ignorait si la chose était héréditaire, ou la réussite artificielle d'un orfèvre en maxillo-faciale.

Telle était Delphine.

De ce désastre plastique, était nées, ou s'étaient développées, vraisemblablement par compensation, une aptitude au contact social, une gentillesse et une douceur ex-tra-or-di-nai-res. En plus d'être remarquablement compétente, Delphine était, et de très loin, la médecin la plus appréciée du service. On pouvait même gager que ce titre eut pu être transposable à la totalité de la structure hospitalière. Forcément, elle adorait son travail. Qui le lui rendait bien.

Le cycle de travail de Léo faisait qu'il relevait régulièrement celle qu'il avait surnommée Delph. Invariablement lorsqu'il arrivait au service, elle achevait de compléter les comptes-rendus et autres formulaires à insérer dans le dossier médical. Une fois les consignes transmises, Léo avait beau lui intimer de rentrer chez elle, qu'il finirait le « papier », Delph lui opposait un de ses curieux sourires, et clôturait tranquillement ce qu'elle avait entamé. Sa conscience professionnelle était inaltérable.

Bref, Léo savait qu'elle mettrait un terme à sa vacation uniquement quand elle jugerait qu'elle ne laissait rien de son travail à quiconque. Il profitait donc de ce tuilage pour lui masser le haut du dos et les cervicales. Les instinctifs mais légèrement perceptibles réflexes de bien-être de sa collègue l'encourageaient à ne pas rompre avec ses bonnes habitudes.

- Allez Delph, file te coucher à présent. Ton lit te réclame.

- Oui oui. J'y vais. Laisse-moi quelques minutes supplémentaires. Et surtout n'arrête pas de laisser courir tes doigts de fée sur ma nuque. La nuit a été longue. Ça me fait un bien fou.

- Alors, les amoureux, on roucoule ?

Delphine et Léo n'avaient pas entendu *arrrvé*. Léo retira immédiatement ses mains, ce qui provoqua une onomatopée réprobatrice de sa cliente.

- Si tu ne finis pas ce que tu as commencé, tu t'étonneras pas que je traîne volontairement... »
- Messire Léo, prince de la papouille ?
- Des papouilles ? Espèce d'ignare ! Au lieu d'énoncer des âneries, observe et prends de la graine. Ça pourrait te servir avec les femmes...
- T'inquiète pas trop pour moi, miss, je maîtrise.
- Oui oui. Vous dites tous ça. Enfin, presque tous, parce que mon masseur est à la veille de faire le coq sur le sujet. Trop mesuré pour se livrer à de pareilles et invérifiables allégations.

Léo les laissa s'expliquer entre eux. S'il était bien une chose qu'il savourait, c'est que, malgré sa présence, les gens parlent de lui comme s'il était absent. Il continua donc, muet comme une alose, à pétrir les trapèzes de sa consœur, ne perdant pas une miette du dialogue dont il était personnage central.

Delphine Talaron mit un terme à ses écritures. Elle referma le dernier dossier, et, exécutant lentement quelques cercles de la tête, signifia à son thérapeute qu'elle était plus que satisfaite des soins prodigués.

- T'es un amour, toi. Lui adressa-t-elle.

- Et moi, de la merde ? poursuivit Hervé.

- L'un n'implique pas l'autre, petit parano ! Disons que tu as certainement des qualités, mais dont je n'ai pas eu l'heur d'impétrer. Allez, lâchons le mot, de jouir ! Ce n'est pas un parjure que d'affirmer cela, Interne Verlaine ?

- Point. Je ne t'ai, en effet, pas encore fait profiter de mes aptitudes, diverses et multiples. Mais qui sait ?

- Et modeste, avec ça ! Je ne demande qu'à... Allez, travaillez bien les garçons. Et à dans trois jours. Car, j'ai quarante-huit heures de repos. On se voit à mon retour.

Elle embrassa Hervé. Du bout des lèvres.

Léo, de deux baisers plus qu'appuyés. Ajoutant, d'un petit clin d'œil complice : A bientôt, doigts d'or.

Elle jeta un dernier œil à Hervé qui leva les siens au plafond...

Et quitta le bureau.

- Dis, l'artiste, t'as l'air d'avoir du gaz ! Quelle mouche t'as piqué ce matin ?

- Non non, aucun souci... Avança-t-il d'un timbre peu convaincant.

- Allez, accouche, Vévé. Je te connais comme si je t'avais fait. C'est quoi ton problème ? Une pouliche qui refoulait du goulot ? Des pieds ? Une sauterie décevante ? Envoie.

- Ben, c'est la brunette d'hier soir. J'y ai claqué un coup de bigo ce matin, bien décidé à lui apporter le petit déj. Elle m'a mis un vent sévère ! Ça me reste un peu en travers du gosier.

- Tu m'étonnes ! Tu lui as dit trois mots hier soir, et ce matin, tranquille, tu lui proposes un petit café-croissant-baise chez elle ! C'est curieux qu'elle ait décliné ! Lança-t-il d'une vile ironie.

        - Très drôle. T'as avalé un clown au petit-déj' ?

        - Oh que non ! Je pourrais t'expliquer, mais tu t'en tapes. Mais, au fait, comment t'as fait pour la rappeler ? T'as recollé les pièces du puzzle de la poubelle ?

        Hervé lui adressa une grimace.

        - Et tu trouves cavalier qu'elle t'ait envoyé moudre ! T'es sur une autre planète, mec. Ou totalement azimuté ?

        - Ah ouais ? T'es sérieux, là ? Tu trouves que c'est un peu hardi comme propose ?

        - Limite indécent même, puisque tu me demandes. Enfin, moi, jamais j'attaquerais aussi fort. Mais bon, on est pas les mêmes sur ce point.

        - Comme tu dis.

        - Bon, qu'est qu'on a sur le feu ?

7

Lundi 7 mai 1996 - 5h45.

Léo longea les murs pour s'éviter la causette à tout le personnel qui voudrait immanquablement le féliciter de l'heureux événement. C'était pas son genre d'esquiver, mais là, après l'accouchement quelque peu rocambolesque, il avait besoin de souffler un peu. Et de rejoindre, sans plus attendre, sa future épouse pour partager le bonheur qui le submergeait.

Son entrée dans la chambre, provoqua une réaction alternative de la néo-maman. A un franc et imposant sourire, succédèrent, sans pour autant l'altérer, de fines larmes. Tellement légères qu'elles peinaient à être mues par la pesanteur. Puis, alors que la porte se refermait lentement par le travail du groom pneumatique, la poignée effectua un nouveau quart de tour ouest-sud, et s'ouvrit sur une femme en tenue hospitalière, poussant un couffin aux parois transparentes.

- Et voici la star, la petite Marie, toute propre et belle ! On vous la laisse un bon moment. Toutes nos félicitations de la part de l'équipe. On va faire en sorte de ne pas vous déranger durant quelques heures.
- Merci Audrey. Adressa Léo, avant que Jade ne l'imite.

Celui qui avait rêvé de ce moment prit mille précautions pour sortir son bout-de-chou de son couffin. Des bambins, il en avait déjà portés, mais là, c'était différent. Ça changeait même radicalement. Comme si ce lien affectif rendait le nouveau-né particulièrement fragile. Les mains paternelles portèrent le nourrisson à son visage. Il l'embrassa tendrement en lui susurrant quelques mots doux. Puis, offrit le trésor à sa mère, qui s'était -entre-temps- redressée. Un moment de félicité, pareil à celui que traversent tous les néo-parents du monde, les enveloppa dans sa bulle suave.

Quand Audrey, après avoir gratté doucement à la porte, passa sa frimousse rieuse dans l'entrebâillement, Jade lui rendit un clin d'œil valant assentiment. Léo s'était endormi dans le fauteuil avec sa fille, la petite amoureusement lovée dans les bras de son géniteur, la mère n'avait pas jugé utile de l'en ôter. Elle était simplement restée attentive aux mouvements de son homme, de crainte que celui-ci ne change de position léthargique.
La sage femme ressortit pour chercher un appareil

photo. Et revint immortaliser l'instant. Puis, elle souleva imperceptiblement le bambin, ne réveillant ni l'enfant, ni le papa. Demanda à la maman s'il elle avait besoin de quoi que ce soit, et quitta la chambre.

Il ne fallut que quelques minutes à Jade pour rejoindre les bras de Morphée à son tour.

Au beau milieu de la nuit, Léo sortit de sa somnescence. Il se passa un coup d'eau sur le visage et sortit de la chambre surchauffée pour aller prendre l'air. Et s'en griller une petite.

Sa connaissance de l'établissement l'orienta instinctivement vers la salle de néo-nat' où se trouvaient les couveuses et couffins. La curiosité le conduisit à faire un tour de la grande pièce. Il fut surpris de constater que, contrairement aux idées reçues, et à l'affirmation commune quelque peu hâtive, tous les bébés ne se ressemblent pas. Pas du tout, même !

Des fripés, des violacés, des étriqués et même des tout chétifs, formaient le gros de la troupe. De cette smala tout juste éclose, sortaient du lot quelques modèles gracieux, attendrissants, souriants même, délicieusement potelés ou tout bonnement adorables.

Léo ne put que dresser l'amer constat que sa fille appartenait au premier groupe.

Pas grave, dans quelques jours, semaines, ou mois, ce serait la plus belle !

Il boucla son tour de salle et nota que le dernier

bambin, juste avant de sortir de la grande pièce, était une magnifique petite fille.

Sur le minuscule bracelet lui ceignant le poignet droit était manuscritement inscrit ce prénom : Nila.

8

Jeudi 18 novembre 2010. Rewind.

Le vigile s'approchait dangereusement.

Inès porta la main à sa hanche gauche. N'y trouva rien. Rien d'autre que la boursouflure du lien, qui ceinturait son pantalon en lin. Le crochet-éclair par son studio pour s'endimancher, tout ça pour un procureur de la République qui s'était royalement contrefoutu de sa tenue, avait transformé la policière en Madame tout le monde. Pas d'arme létale à la ceinture. Et une capacité de persuasion -de facto- nettement amoindrie.

L'homme entra dans la zone géocritique de la jeune femme.

Inès connaissait la chanson.

Enfant turbulente, elle n'était jamais la dernière à se battre dans la cour des différents établissements scolaires, qu'à force de frasques en tout genre, elle avait cycliquement intégrés avant de s'en faire gentiment *(ou moins!)* virer. Non contente d'être considérée comme une des filles les plus batailleuses, elle trouvait aussi moyen de s'inviter aux échauffourées masculines. Lors de l'une d'entre elles, son pote de lotissement étant en fâcheuse posture, elle était entrée dans la danse. Et, avait fait mordre le bitume à un des mini-caïds du collège. Ce fait d'armes l'avait propulsée dans le cercle restreint, et assez clos de « ceux qu'il fallait pas s'amuser à faire chier ».

Plus tard à l'école de Police, elle avait tanné quelques poignées d'élèves lors d'exercices pratiques de self-défense ou de combat.

Mais, avait fini aussi par se casser le nez sur deux professeurs de sport et de tir, venus en renfort de leur collègue. Lors d'une simulation d'interpellation, malgré la morsure térébrante du métal des menottes à ses poignets, elle était parvenue à se dépêtrer de l'étreinte du moniteur qui lui enseignait une prise de technique interpellative, et l'avait si sèchement et férocement terrassé que sa clavicule n'avait pas apprécié. Et l'avait fait savoir d'un craquement au contact du tatami. Une fois « les mouches changé d'âne », Inès, bien qu'entravée par ses menottes, s'était ruée comme une furie sur l'homme au sol et avait tenté de l'étrangler avec ses mollets.

D'abord hagards, les deux collègues de l'instructeur

en difficulté étaient intervenus en urgence et de manière musclée, évitant que les choses ne virent à la catastrophe.

La réaction hargneuse, déterminée et un brin schizophrène de la jeune élève-Lieutenant avaient laissé interdits les spectateurs de cette scène pour le moins inattendue. Inès en avait été quitte pour une douzaine de consultations psy, qui l'avaient prodigieusement gonflée, mais qu'elle savait ne pas pouvoir zapper, sous peine de se voir sa titularisation retardée. Voire jamais entérinée.

Ce que l'histoire publique n'avait jamais mentionné, c'est que le mâle mis à mal avait tenté de coincer Inès au sortir des vestiaires féminins, pour la peloter et essayer de l'embrasser. Entre la délation, qui l'aurait immanquablement cataloguée, sans garantie de résultat puisque c'aurait été sa parole d'élève contre celle d'un brigadier de plus de vingt ans de carrière, et attendre le moment propice pour rendre sa propre justice, Inès n'avait pas hésité longtemps.

Une fois devenue titulaire dans la Police, cet art du combat s'était, enfin, il était temps, révélé précieux.

*

Le vigile n'avait plus que deux pas à faire pour être au contact.

Inès phosphora à toutes berzingues. Elle ne connaissait que trois façons de neutraliser efficacement un homme. Enfin, quatre pour être tout à fait exhaustif.

La quatrième, un direct du gauche sur l'arrête nasale, qui terminait sa course dans une des cavités oculaires, privant l'assaillant d'une partie de la vue, comportait le risque de ne pas être assez radicale, et surtout pas suffisamment neutralisante.

La spécialité du Lieutenant Perret était de se faufiler, d'une glissade semblable à un tacle, entre les jambes de son assaillant. Une fois derrière lui, elle se ruait sur son dos, telle une amazone et pratiquait un solide étranglement à la glotte. Cette méthode supposait que l'homme se tienne les deux pieds disjoints d'au moins un mètre, ce qui était assez souvent le cas des mecs, prêts à en découdre physiquement. En plus d'un meilleur équilibre, cette posture symbolise une certaine forme de virilité, indissociable de la rixe.

Si la technique du « petit pont » n'était pas réalisable, en raison d'un trop faible écartement des compas, Inès pouvait opter pour le balayage, jadis appelé, dans toutes les cours d'école, le croche-pied, ou croche-pattes. Un coup de poing de diversion pour distraire la concentration, et le fauchage latéral passait d'autant mieux. Une fois à terre, c'était l'étranglement ou la clé de bras. Infaillible.

Dernière option. Non négligeable, le coup de pied « où je pense ». Anti-sport et fort peu chevaleresque, mais diablement payant. Inès rechignait un peu à l'employer, mais savait pertinemment à quel point cette botte offensive était efficace. En fait, elle gardait cette alternative en réserve pour les situations scabreuses ou quasi-inextricables par les voies traditionnelles.

*

Le cas qui se présentait à elle relevait de l'exception

pour deux raisons : Un, l'homme était véritablement un colosse. Un deuxième ligne de rugby aurait fait figure de danseuse à côté de lui. Deux, il avait en main une manette un taser, qui rendait le contact avec lui obligatoirement décisif.

Inès s'apprêtait donc à utiliser la solution ultime : lui exploser les roubignolles d'un coup de tatane, lorsqu'elle aperçut -au dernier moment- l'extincteur du couloir. Changeant finalement d'option, elle le décrocha prestement, l'empoigna et décrivit un geste circulaire avec son bras fort, le cylindre rouge en bout de rayon. Ça allait faire mal ! En un éclair, le malabar leva son avant bras droit à hauteur de tempe et réceptionna, dans un bruit métallique, l'imposante gélule de mousse sous pression.

Inès eut à peine le temps d'apercevoir, dépassant de sa manche, l'extrémité de ce qu'elle crut identifier comme un tonfa, que sa vue se brouilla, en même temps que ses jambes se dérobaient sous elle. *Descendez, on vous demande !* Au sol, tétraplégique ponctuel, la princesse de la castagne.

Le molosse était plus malin et plus rapide que sa pataude apparence ne l'avait laisser augurer. Il se pencha sur le pantin pétrifié de son assaillante. D'un œil, elle le vit œuvrer, et son cerveau, bien vif lui, envoya comme ordre de décocher un coup de saton dans la dentition, étonnamment bicolore d'émail et d'argent, du vigile. En pure perte. La décharge électrique avait momentanément coupé les liaisons filaires entre la tour de contrôle et ses personnels actifs. C'était comme dans un rêve. Inès faisait feu de tout bois, alternant les gnons et coups de pompe, mais aucun n'arrivait à destination. A la différence des sensations oniriques, où l'esprit visualise les coups assénés sans que ceux-ci aient le moindre impact sur leur cible, là, Inès visualisait parfaitement les coups qu'elle aurait voulu porter, mais aucun ne partait de ses membres inertes.

Elle se sentit soulevée de terre. Et logiquement, s'interrogea sur son avenir immédiat. Son porteur fit demi-tour et repartit d'où il était venu. Du pied droit, il poussa la double-porte battante.

9

Mardi 5 septembre 1993.

Léo avait donné rendez-vous à Bruno à la cafétéria de l'hôpital. Ça faisait un bon moment que les deux anciens potes étudiants ne s'étaient pas vus.

Le grand blond poussa la porte du restaurant, certain d'y trouver son pote. Un pari lui aurait rapporté de l'argent, l'interne Talon était déjà sur place en train de souffler sur la mousse d'un chocolat au lait trop chaud.

Le suivant de quelques pas, à tel point que Léo n'avait pas fait le rapprochement avec lui, trois femmes en blouse blanche, toutes aide-soignantes. Une brune, une blonde et une rousse. Même les drôles de dames *(celles de la série originale)* n'étaient pas parvenues à pareil équilibre chromocapillaire.

- Hola mon Léo, como estas ? Je te présente Emilie, Anaïs et Lionèle, la crème des soignantes.

- Moui bien, Bruno. Pardonne-moi, je me croyais bien réveillé, mais je vois pas de garçon dans ta fine équipe.

- Normal ! Lio est née avec des bons attributs, ce sont juste ses parents qui ont fondu un câble au moment de choisir le prénom ! intervint, taquine, Anaïs

- Arrête avec ça ! Tu fais le coup à chaque nouvelle rencontre. Lio relève même plus tellement tu la saoules. enchérit Emilie.

Pendant ce temps, Lionèle s'était contentée d'un sourire léger, d'un regard complice à l'interne Tory-Heitet, puis de balayer, d'un regard périphérique, l'imposante salle de restauration. Elle n'avait pas jugé utile de prendre part à la conversation sur son prénom aux sonorités masculines.

D'entrée, Léo apprécia cette discrétion.

- Alors qu'est-ce-tu racontes, grand ? Questionna Léo, pour changer de conversation.

- Tout vieux. Juste que Béa et moi nageons en plein bonheur. On va offrir un peu de compagnie à Paul, car sa maman est enceinte.

- Vrai ? Tu m'épates Bruno.

- Des jumeaux.

- Qu'est-ce-qu'il y a après épater comme verbe ?

- Fasciner. Peut-être ? s'aventura timidement Lionèle.

- Parfaitement. C'est tout à fait le verbe approprié.

Remercia Léo.

Pour quelqu'un de discret, la jeune infirmière n'en était pas moins perspicace. Pour autant, son intervention était restée très mesurée. A peine suggestive.

Léo devisa avec Bruno pendant que les femmes se racontaient moult anecdotes. Leur conversation vira lentement vers des sujets plus intimes. Tout en tenant le crachoir à son confrère, il consentit un effort de concentration pour tenter de capter quelques bribes croustillantes de ce que s'échangeaient les filles. Quelques révélations parvinrent à destination, mais, à l'instar de certains tiercés, ce n'était, qu'hélas, dans le désordre. Simultanément, il se rendit compte qu'il était bien incapable de se rappeler qui avait dit quoi. Il avait réussi le plus compliqué, mais négligé l'essentiel.

Bref, tout en papotant avec son pote pédiatre, il gardait un œil particulièrement attentif à Lionèle, sur qui il avait instantanément bloqué. C'était d'autant plus troublant que, de mémoire d'enfant, il n'avait pas souvenir d'avoir eu d'attirance pour les rousses. Là, il ne savait pas dire exactement comment et pourquoi, mais il avait, dès l'entrée du triumvirat, immédiatement flashé sur elle.

Au cours du déjeuner, il avait donc, lui aussi dans la plus grande discrétion, essayé de détailler un peu « Lio ». Chevelure ocre flamboyante, yeux verts foncés, aux légères teintes acajou. Petites oreilles et lèvres fines, imperceptiblement vernies. Chose rare, aucune tâche de rousseur ne venait orner son pâle grain de peau. En regard de sa collègue Delphine, les mains et les pieds de l'irlandaise *(Léo découvrirait ça un peu plus tard)*, étaient parfaitement féminins.

Quand l'heure vint de se quitter, Léo n'avait rien entrepris qui pourrait lui permettre de revoir Lionèle. C'était tactique. Surtout « ne jamais montrer qu'on est intéressé », lui avait enseigné son oncle, un VRP séduisant autant que séducteur. Dans l'absolu, l'interne savait parfaitement où travaillait l'aide-soignante, et n'aurait, le cas échéant, aucun mal à la retrouver.

L'après-midi de travail fut d'un mortel ennui.

Quand vingt-et-une heures sonnèrent, et avec elle, la promesse de débaucher, Léo, d'ordinaire peu pressé de rentrer, ne se fit pas prier pour partir. Les consignes furent brèves et Delphine, compréhensive, s'abstint de réclamer son modelage. Elle embrassa son confrère et ils se souhaitèrent mutuellement bonne nuit.

Au pied du bâtiment, Léo fouilla dans sa poche. En tira son paquet de cigarette. Il n'en restait qu'une seule. Normal, pour tuer le temps, il avait fumé sèche sur sèche. Le briquet, habituellement inséré entre les tubes verticaux, n'était pas là. Léo ne se souvenait pourtant pas l'avoir prêté à qui que ce soit.

- Chiotte ! Bougonna-t-il.

- Joli vocabulaire, Docteur Talon ! Se permit la jeune femme, qui lui tendit une allumette qu'elle venait de craquer.

- Pardonnez-moi madame, je me croyais parfaitement seul.

- J'ai cru saisir, oui.

- Mais dites, vous semblez me connaître alors que la réciproque n'est pas vraie. Il y a là un mystère que vous m'agréeriez à éclaircir.

- Dois-je faire cela ? Disons que oui. Je vous ai aperçu un soir de la semaine dernière ici-même, dans ces murs. Vous étiez occupé avec un patient. Et c'est votre confrère qui m'a fait l'honneur. Puis la cour... Gentil, mais lourdingue.

- Ça y est, j'y suis.Vous êtes celle qui refuse le petit déjeuner ! C'est vraiment pas beau de faire ça.

- Vous n'êtes pas sérieux, j'espère ?

- Oh que si, on ne peut plus ! S'amusa-t-il secrètement. Un inconnu, ou presque, car si ma mémoire ne me fait pas défaut, ce n'est pas lui que vous avez eu en consultation, vous drague à la hussarde, puis jugeant qu'il a été un peu timide, vous propose les viennoiseries au réveil, et vous, bégueule, vous lui opposez une fin de non-recevoir. C'est ce qu'on appelle mettre un vent à son prétendant. Et c'est pas joli-joli !

- Je vois. Vous vous payez ma bobine. C'est pas très chouette non plus pour une première rencontre.

- Un peu d'humour... Bon, j'espère que vous n'avez pas dîné. J'ai un pote libanais à deux pas. Les meilleures falafel du quartier. Vous n'êtes pas hostile à la gastronomie étrangère ?

- Du tout. Proverbialement curieuse même.

- Vous m'en direz tant. On y va ?

Jade proposa sa voiture.

Léo indiqua que c'était inutile.

Ils marchèrent.

Quelques secondes et décamètres plus tard, le rire si communicatif de Jade se fit entendre.

10

Derrière le sas, le grand balèze fit un pas. Un seul. Il stoppa net.

- Dis, Schwarzy, refile-moi ton colis ? Ça a l'air un peu lourd pour tes p'tits bras gonflés aux protons. J'suis sympa, j'te soulage. Tu me confies délicatement ton paquet, tu retournes sagement d'où tu viens, et tu en bouges uniquement si j'te l'demande. Compris, mec ?

- Puisque c'est demandé si poliment... acquiesça le géant. Il tendit Inès, qui recouvrait lentement quelques sensations, à son interlocuteur. Ce dernier, empêché de la main droite qui tenait un Jéricho *(pistolet automatique israélien de chez « I.M.I. », Israélian Military Industry)*, adressa un signe de tête en direction d'un fauteuil roulant, stationné dans le couloir. Le malabar y laissa choir, sans une once de précaution, celle qu'il avait fait auparavant prisonnière.

Il l'avait tout juste achevé de lâcher Inès que son torse se déplia violemment. Denis venait de lui décocher un coup de pied de mammouth à la mentonnière. L'hercule bascula en arrière avant de retomber de tout son poids sur le linoléum.

- Ça t'pendait au groin, double-mètre ! On traite pas comme ça ma copine fliquette, Ducon. »

Le mastodonte marmonna quelque chose d'inintelligible dans son râtelier, assurément nouvellement parsemé de chicots déchaussés ou tout bonnement fracturés. Denis lui offrit la seconde tournée, un splendide coup de pied à la tête. Déjà sonné, l'homme vêtu de noir y sombra.

- Pardonnez-moi cher monsieur, mais on se connaît ? Baragouina Inès.
- Un peu, cousine ! T'es Miss Perret ? Et ton père, y chante « le zizi ».
- Pour mon patronyme, vous avez bon. Mais pour ma filiation, c'est pas tout à fait ça.
- Ooohhh, mistinguette ! Sois mignonne, cause-moi simple. J'suis limited rayon QI. Descends à mon étage d'intelligence, tu seras mon amour.
- Tout ce qui vous fera plaisir, dans la limite du raisonnable, évidemment. Vous m'avez sortie d'un sacré guêpier. Elle réfléchit rapidement à un autre substantif, mais

ne trouva rien d'autre que : Enfin, d'une belle merde !

- Ah ouais, z'êtes comme ça vous. C'est ou le petit doigt levé, ou je jure comme un charter ?

Intégrant prestement que son interlocuteur était en proie à quelques confusions verbales, Inès prit le parti de ne pas s'en gausser ouvertement. Pour ne pas risquer d'en susceptibiliser l'auteur, elle saurait en sourire intérieurement,.

- Tu te rappelles pas de moi, Inspecteur ?

- Ben, pas vraiment, là ! Cela dit, vu le coup de jus que l'autre con m'a fait gicler dans les neurones, j'ai plus bien les idées en place.

- Te casse pas frangine, j'vais t'éclairer. J'appelle Djwenisz, mais tout l'monde m'appelle Denis. Y a quèq' plombes, des têtes à ressort voulaient s'battre avec mézigue en sortant du Macumba. Courageux mais pas tibulaires, les ratons ont lancé leurs pitboules sur moi, croyant que j'allais faire dans mon bène. Ça t'revient ?... Leurs clébards, j'y ai fait leur fête. J'étais parti pour éduquer aussi les deux bougnoules, mais y z'ont ripé comme des petites fiottes. Z'ont eu d'la moule que leur poubelle cale pas, sinon, j'me les farcissais comme des poivrons eux aussi...

- Ça y est, ça me parle. C'est toi qu'on a surnommé « Mains d'Or » après ça. N'est-ce pas amigo ?

- Yes gamine. T'as mis dans l'mille ! C'est mon surnom depuis. Ça fait plaisir que t'aies rallumé la lumière. La vérité, tu f'sais pitié en zombie...

- T'es un « feuj » polak ou quoi ?

- Non gamine. Pourquoi tu d'mandes ça ?

- Y a que les youpins qui jactent en commençant leurs phrases par « la vérité ».

- Ah ouais ? Ch'avais pas. Non non, juste polak.

- Putain, il m'a azimuté le cerveau avec sa gégène ! J'ai les cannes en guimauve. Tu peux m'aider à me remettre debout, s'il te plaît ?

- Appuie-toi sur moi petite. C'est du solide l'Denice ! C'est quand même un peu grâce à toi que j'ai croupi deux ans de moins au mitard.

- Mouais, pas tout à fait. Rendons à César ce qui est à Ben. On s'est tous deux mis d'accord pour te décrocher, mais c'est bien Benoît qui est allé prêcher pour ta paroisse auprès de la Juge des détentions et de la Liberté via ce connard de Proc' !

- Pourquoi tu l'traites de connard ? J'croyais qu'les schmidt, vous étiez cul et... Merde, ça me revient pas. Qu'vous étiez copains comme cochons avec les magistraux ?

Inès se mordit de ne pas s'esclaffer.

- Logiquement, ça devrait être le cas. Encore que, il y en un max qui se prennent pas pour de la merde, et qui veulent pas copiner avec des flics. Que dirait leur entourage prout-prout ? En plus, le père D'Hustre-Iyelle est un enculé de phallocrate. Enfin, tu m'as compris ? Il peut pas sentir les nanas qui en ont dans le pantalon...

- Ben, comme moi ! Les nanas qui ont quelque chose derrière la braguette, ça m'emballe moyen aussi !

- Te fais pas plus con que tu es Denis ! Je te parle pas des travelos ? Je dis que Monseigneur aime pas trop les filles qui ont de l'estomac.

- Encore comme mézigue ! Il est bon, ce Delatruelle ! Moi, non plus, j'kife pas trop les meufs qu'ont d'la panse !

- Tain, Denis, arrête de me chercher ! Tu comprends ce que je veux te dire ou t'es bouché à l'émeri ?

- Bouché à quoi ? J'te charrie ma belle. C'est bon j'arrête de t'agacer. C'était pour bien remettre ton ciboulot au carré.

- Ciboulot au carré ?

- Ciboulot au boulot égal ciboulot au carré. Classe, non ?

Inès afficha une moue dubitative. Même revenue de ses nimbes électriques, elle comprenait pas la vanne. Au delà, elle éprouvait toutes les difficultés du monde à suivre et décrypter l'humour de son sauveur.

- Dis, en parlant du gars Ben, il est dans un triste état.

- Quoooooiiiii ? Pourquoi tu dis ça ? Tu sais où il est ? Je le cherche depuis trente-six heures.

- Bien sûr que j'sais où il crèche, puisqu'il est dans la même piaule que mon patron. Viens j't'amène.

La bobine de la jeune femme en disait long sur son soulagement. Les heures passées sans nouvelles de Ben avaient été sempiternelles. Malgré le fonctionnement encore un peu anarchique de ses muscles, elle suivit Denis d'un pas hésitant mais volontaire. Ils arrivèrent bientôt devant la large porte de la chambre médicale.

Inès frappa à la porte, mais Denis lui signifia que

c'était parfaitement inutile. Une fois à l'intérieur, elle comprit mieux le sens de sa grimace. Les deux patients étaient sous assistance respiratoire. Bien incapables de prononcer la moindre phrase.

Le lieutenant Perret consulta le tableau médical qui était accroché au pied du lit de Benoît, mais n'y trouva pas ce qu'elle cherchait. En tous cas, aucune information médicale qui lui indiquait l'état de santé et la pathologie de son binôme.

- Dis Denis, qu'est-ce que tu sais exactement de ce qui s'est passé pour que ton patron et mon équipier soient ici, ensemble ? Et dans cet état ?

- J'te raconte. Boun, mon taulier, était invité à la crémaillère de Léo. Tu connais Léo ?

- Un peu. C'est pas l'ex-toubib dont la femme s'est faite buter ?

- Pile ! Paraît qu'il a charcuté une patiente lors d'une opération d'un ravalement de cascade. Qu'il était tellement casserolé d'la veille qu'ça a été une boucherie ! La tronche de Frankenstène, qu'il lui aurait fait, le gonze.

- Tu m'en diras tant. Et quel rapport avec ton taulier ?

- Scuse, j'me disperse. Tous deux étaient invités à la crémaillère de Léo, paski redevient docteur, le gars. Et, le cabinet a été bien baptisé !

- Sauf que nos deux amis auraient dû cuver depuis 24 heures ! Au lieu de ça, ils sont branchés sur une machine qui les aide à respirer. Y s'est donc passé un petit truc en plus. Faut qu'on chope un toubib. J'ai besoin de savoir ce qu'ils ont exactement.

- Pas la peine, nous voilà.

Le praticien, qui avait pris la parole en pénétrant dans la chambre, était flanqué du ban et de l'arrière-ban. Un second médecin lui emboîtait le pas. Trois agents hospitaliers, dont une semblait infirmière, suivait le binôme. Enfin, un équipage de trois policiers complétait le groupe de visiteurs inopinés.

- Arrêtez-les moi, je vous prie. Ordonna le Professeur, en s'adressant aux fonctionnaires en uniforme. Incrédules, ces derniers marquèrent une légitime hésitation à interpeller celle qu'il reconnurent comme une de leur collègue, qui plus est hiérarchiquement supérieure.

- Ouh là, ouh là. On se calme un peu ! Suggéra Inès.

- C'est à vous qu'on devrait dire ça, Madame l'inspecteur.

- J'voudrais pas m'mêler de ce qui m'regarde, mais, moi vivant, personne ne posera la main sur elle. Alors, ouste ! Bas les pognes ! Intima Denis aux gardiens de la paix, qui n'avaient pourtant toujours pas esquissé le moindre geste coercitif. Et sans vous paraître superstitieux, l'patron ici, c'est moi ! Précisa l'homme de main, en écartant ses deux pans de blouson, laissant apparaître, sous l'aisselle droite, son Jéricho, de l'autre côté, un mini-Uzi *(pistolet mitrailleur miniature, également de chez IMI)*. Donc vous (en désignant les policiers), vous remontez dans votre fourgon, et vous rentrez au central en disant qu'on vous a fait déplacer pour queue dalle. Que le problème, il était réglé quand vous êtes arrivés. « Intervention sans suite » comme vous dites. Toi, la guêpe *(en regardant l'infirmière)*, tu prends tes sbires et tu vas voir si tu peux pas être utile ailleurs. Vous *(à l'adresse du médecin de garde et son adjointe)*, vous posez votre fion sur les deux chaises. Et vous allez nous expliquer exactement, dans un français que j'comprenne, parce que c'est pas la peine de nous causer en hébreu pour qu'on entrave peaud'balle, qu'est-ce qu'y'z'ont nos amis respectifs ?

- Quelles que soient vos intentions monsieur, nous sommes tenus au secret médical. Comprenez bien que nous ne pourrons donc rien vous dire.

Avant que Denis ne s'agace, et se mette dans la tête d'utiliser ses joujoux à rafale, Inès reprit la main.

- Docteur. Je concède avoir manqué un peu de courtoisie et de sang froid en arrivant à l'hôpital. Mais, votre voisine (en montrant l'infirmière) a refusé ostensiblement d'y mettre du sien. Toutefois, je vous prie de bien vouloir accepter mes...

- Tes rien du tout ! Denis avait épuisé ses réserves de patience, et empoigné son pistolet automatique.

Inès lui fit face, et posa une main sur sa nuque :

- Ecoute Denis, on est pas en position de force. Le proc' m'avait agacé et j'ai perdu les pédales en débarquant ici. Mais, c'est une connerie. Nos deux amis ont besoin de ces messieurs-dames. Il est donc grand temps qu'on cesse de faire régner la terreur. Range-moi ta sulfateuse, et, s'il te plaît, laisse-moi faire. La dernière fois que tu as m'a fait confiance, tu n'as eu qu'à t'en féliciter, non ?

Denis orienta le canon de son arme vers le sol, fixa une dizaine de secondes la prunelle des yeux de son interlocutrice, et, convaincu par sa sincérité, rangea son arsenal. Inès ponctua d'un signe de tête au slave le priant de se calmer.

- Docteurs *(en s'adressant aux deux)*, on connaît les préceptes du serment d'Hippocrate, et loin de nous l'idée de vous obliger à les fouler au pied.

- Alors là, j'plane complet ! Coupa Denis.

- Denis, s'il te plaît, laisse-moi finir. Mais là, c'est pas de cela qu'il s'agit. Monsieur *(en désignant Boun)* et Benoît, mon collègue de la Crime, étaient à un arrosage où ils ont passablement abusé des plaisirs spiritueux. Je suis évidemment pas médecin, mais je suis certaine que quelques bons verres de trop ne suffisent pas à mettre un soiffard dans cet état. Deux personnes au même endroit dans le même état, j'trouve cela un peu curieux, pas vous ?

- Vous n'êtes donc au courant de rien ?

- De rien quoi ?

- Ils sont dix-huit à avoir été admis ce matin dans un état critique.

- Ah oui, j't'ai pas dit ça, mignonne... Pas eu le time. ajouta Denis.

- Certains en coma éthylique, ou aux portes de celui-ci. D'autres pas du tout. Mais tous présentent de graves troubles respiratoires. En l'absence d'informations, nous les avons tous mis sous assistance. Des analyses, et le flacon que nous a ramené monsieur (en désignant Denis, qui immédiatement, se mit à bomber le torse) ont été envoyés en urgence au labo. On devrait avoir les résultats à l'heure où on se parle, si on avait pas été perturbés par une intrusion forcée !

- Je vous ai présenté mes excuses, me semble-t-il ?

- Interrompues par votre garde du corps de circonstance, je crois.

- Ça va, maintenant Yves, poursuis. Pria, dans un souci d'apaisement, son confrère.

- Ça ressemble aux symptômes que provoque le curare. On a besoin du retour de analyses pour l'affirmer, parler d'empoisonnement, et traiter les patients. Ça urge vraiment, car on a deux mineures qui sont vraiment pas bien du tout.

- Maintenant, si vous permettez, faudrait qu'on retourne travailler.

- Faites, faites. Vous pourrez nous dire avant qu'on parte.

- Faites-moi demander, je viendrai.

- Merci.

- De rien.

- Et encore désolée, Docteur. Se fendit Inès.

Denis, lui ne formula aucun regret, ni remords pour son attitude.

Tous deux restèrent là silencieux, à poser un regard bienveillant sur leur ami respectif. Et à se demander qui pouvait bien en vouloir à qui. Pour prendre le risque d'empoisonner une vingtaine de personnes.

Inès proposa un café.

11

Jeudi 11 mai 1996 – milieu d'après-midi.

Enfin trois sous leur toit.

Bien éveillée dans son couffin, Marie ouvrit de grands yeux en entrant chez elle. Ses parents rayonnaient. Et ce, même si les deux, dans leur for intérieur, nourrissaient quelques doutes, bien légitimes, quant à leur capacité intrinsèque à être des parents à la hauteur.

Jade nota quelques courses à aller effectuer d'urgence et proposa à son homme de s'acquitter de cette tâche. Elle utiliserait le temps libre pour organiser un peu la chambre de la petite, que par superstition, ils avaient décidé de ne pas aménager.

Avant de partir, même si c'était un peu en avance, Léo prépara le biberon de sa princesse. Il s'installa confortablement dans le vieux fauteuil club que son grand-père lui avait fait promettre de ne jamais jeter, et nourrit sa fille. Le sifflement bref de la tétine indiqua bientôt que de lait il n'y avait plus. Le nouveau père tourna sa fille vers lui, posa son torse contre sa propre épaule et attendit quelques instants. Aucune sonorité éructative ne s'annonçant, il tapota très doucement entre les deux omoplates de miss Marie, qui ne tarda point à se fendre, pour un si petit être, d'un rototo étonnamment caverneux.

Vêtements et change propres, la fine équipe prit la direction du supermarché. Les quelques centaines de mètres, qu'il fallait parcourir pour s'y rendre, envoyèrent Marie aux pays des songes. Le pouce entre ses lèvres, le bambin émettait des micros-bruits de tétouillement.

*

A mesure qu'il emplissait son caddie de provendes, Léo fut surpris de constater à quel point un bambin suscitait l'attendrissement général. Ça et là, des mamans ou leurs enfants jetaient un œil sur le cosy où Marie en écrasait comme une sonneuse. Un mot gentil par ci ou un sourire par là.

*

A l'extrémité du tapis roulant, la caissière affichait

un sourire scintillant. Malgré une chevelure aux teintes indéfinissables, espèce de bordeaux-violine, assurément quelque chose d'artisanal, l'employée arborait d'une bonne humeur contagieuse. Lunettes également prototype, yeux bleus, poitrine opulente malgré la coupe désastreuse du haut d'uniforme à l'effigie de l'enseigne, un bassin ayant dépassé les limites standard, sans trop abuser pour autant, et « cerise sur le far aux pruneaux » aurait ajouté Denis, une manucure des plus originales. Pas un ongle n'était identique. Cette femme était un cobaye de looking à elle toute seule.

Malgré ses doigts apprêtés, elle se révéla d'une dextérité peu commune. Passant les victuailles du client dans un laps de temps record. Faut dire qu'elle était trop pressée de jeter un œil sur la petite. Avant d'annoncer le montant total, dont elle se fichait éperdument, elle demanda à Léo s'il permettait.

Refuser eut été d'une sadique cruauté. Son signe de tête affirmatif valut feu vert. Christelle se déhancha au delà du raisonnable, laissant poindre au delà de la décence ses attributs mammaires, et se pâma devant le bambin endormi.

- Comment s'appelle cette petite merveille ?

- Marie.

- Tout pour elle cette chérie : le plus beau prénom féminin, un sourire irrésistible et un papa non moins charmant.

Si ça, c'est pas du rentre-dedans ! Se dit intérieurement Léo.

- N'en jetez plus ! J'vais rougir.

- Et ?... Peut-être même que ça vous plaît, les

compliments. Parce qu'enfin, qui ne les aime pas ?

- J'avoue, je crache pas dessus, ma foi. A moi de vous tresser quelques louanges. Votre onglerie mériterait une couverture médiatique, tant elle brille de mille feux ! Vous devez y passer un temps fou ?

- Pensez-vous cher monsieur... ?

- Talon. Léo Talon.

- Vos parents sont des choux. Prénommer son garçon Léo quand on se nomme Talon, c'est un véritable coup de maître. C'est une amoureuse des talons qui vous le dit.

- Vous vous éprenez vite, dites-moi !

- Et farceur, en plus ! Voyons M. Talon. Vous avez du charme, c'est indéniable, mais je n'ai plus l'âge de tomber amoureuse à la moindre brise affective. Qui plus est d'un jeune homme comme vous ? Que penserez les gens ? Ce sont les escarpins que j'affectionne.

- J'avais compris chère... ?

- Christelle. Mais vous pouvez m'appeler Chris, si vous me permettez de vous donner du Léo.

- Autorisation accordée. Et ces ongles alors, quel temps d'entretien ?

- Le temps qu'il est utile pour réaliser de la bel ouvrage. Disons qu'une heure tous les deux jours me paraît assez proche de la réalité.

- Vous m'en direz tant. Sinon, je dois quelque chose ?

- Si c'était que de moi... 26.90, s'il vous plaît, monsieur Talon.

- Déjà fini Léo ?

- Pas quand je m'adresse au client. Léo me permet de

passer un moment délicieux, mais monsieur Talon fait en sorte d'engraisser mon patron, afin que celui-ci continue de prospérer, et me garde dans son supermarché, grâce auquel je remplis moi aussi mon frigo.

- Distinction intéressante. Chris, venez-voir.

Marie avait laissé échapper son pouce, et continuait de téter dans le vide. La caissière resta baba quelques secondes devant le touchant spectacle.

- Bon, c'est pour aujourd'hui ou pour demain ? Les interrompit une voix rocailleuse de vielle mégère tubarde.
- Eh, la Renée, tu nous gaves pas. Si t'es en panne de Kiravi, c'est pas de notre faute. Fallait être plus prévoyante. Ou baisser la carburation. Si t'as trop soif, fallait faire un crochet par chez le Néness avant de venir chercher des munitions. Alors, mets un peu en veilleuse, on est pas aux pièces. Du reste, on a bientôt fini.

Léo ne put contenir un sifflement admiratif devant la convaincance de Christelle. Il récupéra sa monnaie, remercia la caissière de sa bonne humeur, et promit de revenir très vite.

- J'y compte bien, beau brun !
Entendit-il, dès qu'il les eut tournés. Les talons.

12

18 novembre 2010.

Inès quitta l'hôpital sans avoir vu les médecins. Mais, ceux-ci l'avaient assurée qu'ils la joindraient dès qu'ils en sauraient plus.

En passant devant le bas-flanc des admissions, elle se fendit d'un sourire sardonique et à très haute teneur en chattemite à l'agent hospitalier inhospitalier ! En la dépassant, elle maintint autant son regard aussi longtemps que possible dans sa direction, se félicitant d'avoir suivi son instinct, au lieu d'obéir connement à cette fonctionnaire fort zélée et très vraisemblablement anti-flic.

La journée avait été longue et pénible. Inès, jeta ses clés dans l'assiette marocaine, sur la table murale. Laissa choir son sac à *dains* juste en dessous. Posa son blaser sur le dossier du canapé, son chemisier par dessus, et le pantalon en parure. Mais celui-ci, mal équilibré, chut lentement sur le tapis de laine épaisse. Enfin, elle fit valdinguer ses mocassins, l'un au pied du guéridon d'entrée., l'autre dans le couloir.

Sa pudeur mit un terme à l'effeuillage. Elle ne se dénudait jamais intégralement dans le salon. Attendait d'être dans la salle de propreté, comme elle la nommait, pour ce faire. Comme si elle craignait d'être matée par un voisin en vis-à-vis, qu'elle ne possédait poutrant pas.

Le tatouage, qui descendait de sa nuque, quittait l'axe vertébral au niveau lombaire et venait mourir sur la hanche gauche. Point de dragon, tête de mort ou autre serpent. Il s'agissait d'un tronc aux courbes douces, avec ses nœuds, branches, feuillage et lianes. Dans sa partie supérieure, trois singes jouaient leur propres rôles. L'un était assis en tailleur au confluent de deux branches, les mains obstruant ses, si l'on s'en référait à celles de ses congénères, larges et imposantes oreilles. Le second, pendu par son bras gauche, avait placé la main droite devant sa proéminente gueule. Quant au dernier, tel un cochon pendu, il vous aurait regardé la tête à l'envers s'il n'avait pas bouché son champ de vision avec ses longs doigts à peine crochus. La gravure corporelle se clôturait par des racines fuyantes balayant la hanche jusqu'au sillon postérieur.

Pas banale comme gravure polychrome.

En adéquation avec le tempérament de celle qu'elle ornait.

Inès ôta, plus délicatement cette fois-ci ; elle avait

beau avoir un tempérament de garçonne, elle n'en aimait pas moins la lingerie et, vu le tarif de celle-ci, en prenait particulièrement soin ; son bustier et son shorty satiné.

Elle se glissa sous la douche et disparut bientôt derrière la buée opacisant la vitre. Comme à son habitude, après un lavage tonique, elle abaissa, lentement et régulièrement, le thermostat du mitigeur pour finir par de l'eau parfaitement glacée, sous laquelle elle resta, non moins parfaitement immobile quelques poignées de minutes.

Une serviette en paréo, elle émigra dans la pièce principale, et ouvrit le réfrigérateur. Avait-elle vraiment faim ? Elle saisit un verre retourné sur l'égouttoir de l'évier et le remplit d'un thé glacé. Son regard fureta sur les étages et se figea sur un bol de lentilles. Inès transvasa le contenu dans une coupelle, coupa quelques anchois marinés à l'huile d'olive dessus, puis arrosa d'un filet de vinaigre de framboise. Elle hésita à ajouter un peu d'huile. Puis se décida pour quelques gouttes d'Argan. Fleur de sel, mélange de baies.
Elle ouvrit son IMac. Y consulta ses mails, pendant que la chaîne info débitait son flot de ininterrompu de nouvelles.
Bien qu'elle n'ait pas terminé son plat, elle le poussa au centre de la table basse. Elle répondit à quelques courriels et ferma le portable.

Presque en même temps que ses yeux.

13

Vendredi 19 novembre 2010.

Les médecins ne prirent pas le risque d'attendre le verdict des résultats biologiques pour débuter le traitement des deux mineures. De préoccupant, et malgré l'assistance respiratoire, l'état de santé deux jeunes femmes était devenu critique. Et jugé suffisamment alarmant pour qu'on anticipe l'amorce du protocole thérapeutique.

Dès le diagnostic confirmé par le retour des analyses, la pharmacopée, un mix antidote de néostigmine associé à l'atropine, fut appliquée aux autres admis.

Entre-temps et comme promis, Inès avait été prévenue par le binôme de praticiens. Dans les starting-blocks dès l'annonce de la nouvelle, son enthousiasme avait été douché, par ses interlocuteurs, qui lui avaient déconseillé de venir immédiatement au chevet de son ami. Ajoutant que vingt-quatre heures étaient nécessaires afin d'y voir un peu plus clair.

La mort dans l'âme, la miss avait dû se résoudre à ronger son frein. Et se préparer pour aller au boulot. Mais avant cela, elle avait passé un coup de tube à Joe, l'unique collègue de l'Identité Judiciaire en qui elle avait confiance. Le seul qui ne tremblait pas devant son despote de commandant. Tous deux s'étaient retrouvés au cabinet de Léo et avaient ratissé, en large et en travers, l'espace orgiaque, à la recherche d'un quelconque indice. Rien, à première vue, d'exceptionnel n'avait été trouvé. Le technicien avait néanmoins réalisé quelques prélèvements. L'avenir dirait si ces derniers avaient quelque chose à raconter.

Mais avant cela, il fallait « écarter » toutes les empreintes des invités à la crémaillère. La chose promettait d'être moins fastidieuse que d'ordinaire puisque qu'il n'y aurait pas à « courir » après les convives éparpillés. En effet, hormis Armelle, tous étaient conjoncturellement résidents hospitaliers. Inès se fendit d'un petit coup de fil au directeur de l'hôpital qui, donna naturellement son feu vert.

Pendant que Joe, l'agent technique spécialisé, était à la tâche, Inès reprit, sans beaucoup d'entrain le chemin du bureau. Elle n'avait pas fini de poser son blouson qu'elle entendit hurler son prénom du fond du couloir. Ne sachant que trop la raison de sa convocation chez le chef, elle prit tout son temps pour insérer son sac à dos dans le tiroir de son bureau qu'elle rendit inviolable d'un tour de clé.

Trois autres vociférations se firent entendre avant que, après s'être payé le luxe d'un thé au distributeur, sa frimousse mutine ne franchisse le pas de la porte du bureau du commissaire.

- Perret, vous avez rien à me dire, par hasard ?

- Si. Bonjour monsieur. Lui répliqua-t-elle, un sourire provocateur pendu à ses commissures labiales.

- Oui... Bon... Euh, bonjour Lieutenant *(agacé)*, mais encore ?

- Encore quoi ?

Bien que « bleu-bite », Inès étant sortie de l'école d'Officiers depuis seulement cinq ans, la jeune femme n'en était pas pour autant une « pucelle de l'année ». On ne la lui faisait pas comme ça. S'étant déjà faite piéger par ce genre de question ouverte, elle en avait tiré la leçon : attendre que l'interrogateur se montre plus précis avant de donner une réponse digne de ce nom. La policière ignorait si son chef savait pour le Procureur, le dérapage au Palais de Justice et à l'hosto, ou Benoît. Elle temporisa.

- Vous commencez à me courir avec vos silences ! J'ai appris que Decajoux était hospitalisé. Vous êtes au courant ?

Continuant dans la provocation, elle adorait faire grimper son commissaire dans les tours, d'autant que ce n'était pas bien compliqué, elle resta mutique et acquiesça d'un signe de tête. Toujours irisé d'un sourire.

- Et depuis quand, je vous prie ? Vous comptiez m'en parler ?

- Peu et pas tout de suite. Enchaîna-t-elle, certaine de son effet. Dans quelques secondes, son taulier allait définitivement péter un boulon.

- Putain, mais qu'est-ce que j'ai fait au Bon Dieu pour me farcir une tête de mule pareille ? Peu et pas tout de suite quoi ? Je comprends rien à vos réponses en morse.

- Avec tout le respect que je vous dois, vous ne me farcissez pas ! Pour ce qui est de votre irritation, si vous dépensiez un peu moins d'énergie à vous emporter pour rien, vous seriez plus concentré et n'auriez nul besoin que je décode. C'est pourtant clair. Un garçon de votre niveau intellectuel aurait dû comprendre illico. Après, c'est pas moi qui pose deux questions à la suite. Alors, je reprends pour les distraits du fond de la classe... Inès s'en donnait visiblement à cœur-joie... Depuis quand étiez-vous au courant ? Depuis peu. Et, Comptiez-vous m'en parler ? Pas tout de suite. C'est pourtant pas sorcier !

- Soooooorteeeeez ! Hurla-t-il, en fracassant son poing sur le sous-main de son bureau.

En guise d'ultime répartie, la femme-flic se fendit d'une révérence très courtisane, toujours fardée d'une jubilatoire simagrée. Pivota sur ses talons *(plats)*, et, dos au bureau, agita les quatre doigts de sa main droite pour prendre congé.

La journée promettait d'être longue.

Pour le moment, elle ne pouvait investiguer plus avant sur ce qui s'était passé au cabinet. Il faudrait attendre, au minimum jusqu'au lendemain, pour avoir une chance d'en savoir plus. Impossible de se concentrer sur autre chose. Inès prit un dossier sous le bras, pour donner le change. Agrippa son intégral au porte-manteaux, et descendit au garage.

En passant devant le tableau à crochets, d'une chiquenaude, elle fit basculer celle du « frelon », qui échut opportunément dans sa main directrice. Pendant que la droite extirpait de la poche arrière de son jeans une paire de *guirs*. A hauteur de la Honda, elle en saisit le guidon et agita latéralement l'engin en prêtant l'oreille aux ondulations de carburant dans le réservoir. Savoir si elle devait prendre la carte essence. Y a ce qu'il faut, conclut-elle intérieurement.

Elle se repositionna de profil, leva la jambe droite, posa sa croupe *(d'airain ?)* sur la selle aux coutures rouges apparentes. Tour de clé. Vrombissement du quatre cylindres de cent chevaux. Elle ajusta son foulard, remonta sèchement le zip de son cuir, ajusta ses gants, abaissa la visière, écrasa sèchement le sélecteur de vitesse, et remonta ses deux jambes qu'elle cala sur les repose-pieds. Le Hornet tortilla un peu du cul lorsque la gomme arrière crissa sur le béton ciré du sous-sol. L'amazone quitta le central en adressant un signe de tête au préposé à la barrière.

*

Treize minutes plus tard, la moto s'immobilisait sur

le gravier d'une cour intérieure. La villa s'était drapée de lierre.

- Y a quelqu'un ici ?

- Par ici ! C'est toi chérie ?

- Oui P'pa. Dit-elle en pénétrant dans le potager.

- Quel bon vent t'amène ? T'avais pas dit que tu venais. T'aurais dû prévenir, j'aurais demandé à Dédé s'il avait du poisson. Tu sais ce que ta mère va dire...

- Oui mon papounet, je le sais. Mais, moi non plus j'avais pas prévu. Ça m'a pris comme un coup de fusil ! On mangera ce qu'il y a. C'est pas si grave.

- Tu l'as dit ! Je coupe une salade et remonte une quille de rouquin.

- Je suis à moto P'pa !

- Toi, peut-être, mais pas moi. Tu permets que j'ouvre une bonne bouteille quand j'ai la visite mon bébé ?

- Ah là, c'est pas pareil ! Je voulais juste te dire de rien choisir de spécial pour moi car j'en boirai pas.

- J'avais bien compris. File biser ta mère. Et te faire gentiment engueuler.

Inès ressortit par l'allée de pierres du Périgord, sautilla sur les dalles (comme elle adorait le faire enfant) entourant la demeure et gravit les marches du perron deux à deux. Elle poussa la porte d'entrée, entrebâillée, sans faire de bruit. Sur la pointe des pieds, elle traversa le couloir marbré de granito et atteignit discrètement la cuisine où sa mère écossait des haricots sur la table de repas.

- Salut M'man.

La sexagénaire leva la tête, et, par dessus ses lunettes presbytes, aperçut la visiteuse.

- C'est toi, ma fille ? Mais enfin, t'aurais pu prévenir !

- Moi aussi, ça me fait plaisir de te voir, mamon.

- Cesse de m'appeler « Mamon », tu sais très bien que j'aime pas ça.

Inès avait déposé son barda sur le coin de table libre et apposa un baiser affectueux sur le front de sa mère.

- Maman, y a une demi-heure, je savais pas moi-même que je viendrai. S'il te plaît, te formalise pas pour rien. Ça devrait te faire plaisir de me voir. Même au débotté ! En tous cas, moi, je suis bien contente de vous rendre visite.

- Ton père c'est certain. Ton enquiquineuse de mère, j'en suis moins sûre.

- Mamaaaaan... En ouvrant des bras accueillants.

Irène Perret était également ce qu'on appelle communément un petit bout de femme. Fort tempérament. Qu'elle avait, par le biais d'une génétique pourtant parfois trieuse, transmise à sa fille cadette.

L'aînée, quant à elle, était plutôt le portrait de Gaétan, le géniteur. « La crème des papas » selon Inès. Jeanne était vétérinaire dans le bocage. Spécialisée dans l'animal imposant. En plus des bovins et autres équidés, elle traitait également des gros et grands animaux des trois zoos et parcs animaliers alentours. Elle, si calme et pondérée, adorait sa petite boule de nerfs de frangine. Mais son emploi du temps et sa vie de famille lui laissait bien peu de temps pour la voir aussi souvent qu'elle l'aurait voulu.

Mme Perret se lova enfin dans les bras de sa fille et

l'embrassa d'un baiser appuyé. Satisfaite, Inès s'assit à ses côtés pour l'aider à finir d'équeuter les haricots frais. Elles restèrent un instant muettes avant que la plus âgée, trop contente d'avoir une interlocutrice de passage à qui parler, ne rompe le silence.

- Quel bon vent t'amène, mon petit diable ?

- Aucun en particulier. J'avais juste un besoin assez urgent de me ressourcer. Et quel meilleur endroit qu'ici pour ça ?

- C'est gentil ce que tu dis. Mais pourquoi te ressourcer ? T'es fatiguée ? C'est le boulot ?

- Y a de ça. Non, en fait, c'est parce qu'en vingt-quatre heures, j'ai failli me castagner avec trois bonshommes. Dont un que j'aurai bien pu refroidir !

- Qu'est-ce que tu me racontes là ? S'interrompit la maîtresse de maison en posant ses lunettes sur le tas de légumes.

- La stricte vérité ma petite maman ! Hier, chez le Proc', il s'en est fallu de peu que je lui en colle une, à ce gros connard sexiste ! C'était à deux doigts. Un peu plus tard, à l'hosto, je suis tombée d'abord sur une infirmière mal-baisée, ou plutôt pas baisée du tout...

- Inès chérie... l'interrompit-elle d'un regard réprobateur.

- Ok. Un connasse, ça ira ? Puis, ce fut au tour d'un vigile qui se prenait pour Rambo, et qui voulait me réduire à l'état de marionnette. Pas super bien tombé, le mec ! Heureusement que j'étais pas enfouraillée, parce que ça aurait pu faire vilain. J'avais les abeilles, l'essaim tout entier même !, et une furieuse envie de lui coller un pruneau entre les sourcils ! Quant à mon taulier ce matin, Je me suis retenue de pas lui retourner le bureau sur la tronche à ce débile. La loi des séries... A partir de là, et avant que je ne commette l'irréparable, j'ai décidé de venir respirer par le ventre ici, et me faire bichonner chez papa-maman. J'ai bien fait ?

- Tu pouvais pas avoir meilleure idée, mon ange.

- Tiens, il suffit que j'aie envie d'écorcher quelques mâles pour que je change de statut ? Petit diable à ange en quelques secondes. T'es trop, ma petite maman !

Madame Perret ne connaissait que trop les travers de sa progéniture sur le sujet. Combien de fois avait-elle été conviée en urgence à l'école, au collège ou au lycée, pour s'entendre dire que sa fille aurait bien plus sa place sur un ring, dans une arène ou carrément en milieu psy ? Alors aujourd'hui, elle était plutôt soulagée d'apprendre que, finalement, il n'y avait pas de victimes parmi les trois élus potentiels. Et c'était heureux, vu le statut de deux d'entre eux. Elle rechaussa ses binocles et revint à sa ses haricots.

- Mais qu'est-ce que peut bien fiche ton père ?

- Mamaaan... Il revient avec une salade et fait un crochet par sa cave.

- Suis-je sotte ? Bien sûr, il va profiter de l'occasion pour s'en torcher une !

- Dis-donc, petite mère, t'as avalé quoi dans ton thé ce matin ? S'en torcher une ? Il est juste heureux de voir sa fille. Et c'est en effet l'occasion d'ouvrir une bouteille un peu moins ordinaire. Y a pas grand mal à ça, moi je dis.

- M'aurait étonné que tu prennes pas sa défense. T'es Flic ou avocate ? C'est pas toi qui m'avais dit que les deux professions ne faisaient pas très bon ménage ?

- Si si, j'ai bien pu te la sortir, celle-là. Ces baveux, c'est pas souvent qu'on peut en dire du bien. Et, bien que j'en compte deux parmi mes amis, je comprends toujours pas comment on peut faire ce métier quand il s'agit de défendre une pourriture.

- En pensant à ce que ça rapporte.

- C'est ça ! N'empêche, tu te vois toi, te décarcasser à convaincre un jury ou des magistrats que ton client est un ange alors que tu sais, dans ton for intérieur, que c'est la dernière des crevures ?

- Moi non. Et toi pas plus. Mais, faut de tout pour faire un monde. Je me vois pas plus torcher des petits vieux à l'hôpital toute ma vie. Même si un jour, je serai sûrement bien contente que des gens fassent ça pour moi.

- Comme fermer des cercueils toute la sainte journée, à compatir avec les familles de défunts. Tu parles de boulots de merde !

- Ben oui ma puce, mais il faut bien quelqu'un pour s'y coller. Puis, un instant plus tard : Bon sang, mais qu'est-ce que fout ton père ? Faudrait pas qu'il lui soit arrivé quelque chose. Tu veux pas descendre voir ?

- Si si. J'y vais.

Inès quitta la cuisine.

Au moment où elle s'apprêtait à descendre au cellier, elle aperçut une bouteille d'Hospices de Beaune, délicatement rangée dans le coin de mur. Et comprit qu'il n'était rien arrivé de rare. Elle se remémora une des premières phrases paternelles concernant l'ami pêcheur. Avant de déduire que son père avait dû le faire, ce crochet chez Dédé.

Avant qu'elle ne retourne rassurer sa mère, le portail émit un léger grincement. Son paternel, un large sourire aux lèvres, tenait, par les branchies, entre pouce et index, un beau poisson.

- Belle prise non ?

- Je veux oui. Fais-moi plaisir, dis-moi que c'est bien un sandre ?

- C'en est un. T'as encore l'œil. Ta mère va rougner comme elle aime pas s'occuper de la poiscaille. Je vais le vider moi-même. Pendant ce temps, tu voudras bien nous préparer un beurre-blanc.

- Si, je me rappelle.

- T'inquiète, je te dirai.La recette, je la connais par cœur.

- Tu préfèrerais pas lever les filets et les faire lentement dorer au beurre salé ?

- Si tu préfères ma belle. Moi aussi, j'adore au beurre. Et puis, ça sera un poil meilleur pour mon cholestérol. Ta sœur serait là, elle serait fière de moi...

- En effet ! Eh, P'pa. On troquerait pas ton rouge contre un blanc ? J'tremperais bien mes lèvres dans la merveille de Meursault 2003 que tu nous as servi l'autre fois, avec les Saint-Pierre. Tu me ferais une seconde fois plaisir en une minute en me disant qu'il t'en reste en cave.

- Il doit. Je descends vérifier.

- Monte voir ta mère et note bien sa réaction. Tu

m'en causeras en douce tout à l'heure.

- Moqueur, va !

Inès récupéra le poisson des mains de son père. Le tenant comme si elle avait fait ça toute sa vie. Elle entra pour la seconde fois dans la cuisine :

- C'est bon, il va bien maman. Il... Elle fut interrompue par sa génitrice, qui venait d'apercevoir ce qu'Inès tenait dans sa main gauche.

- Le chameau ! J'ai un rôti de porc dans le four, moi !

- Visiblement, t'étais pas si inquiète que ça ? L'acrimonie itérative de sa mère avait fini par l'exaspérer. Elle décida de frapper un grand coup pour que cela cesse. Dis, tu lui as fait part du menu à ton homme, ce matin ?

- Ben non. Jamais, je lui dis. D'ailleurs, il s'en fout. Lui, tant que c'est prêt au moment où il glisse ses pieds sous la table.

- Bon, ben tu vois, tu fais des histoires pour rien. Il savait pas pour ton rôti. Sors-le du four de suite. Tu le finiras de cuire au prochain repas. Et pour le poisson, tranquillise-toi, il a dit qu'il s'en occupait.

Irritée par les remontrances de sa fille, Mme Perret feint de se lamenter :

- Bientôt, je pourrai plus commander dans ma propre cuisine.

- Tu gonfles, la mère ! Si, bien sûr, tu commanderas. Mais toute seule à force de fatiguer tout le monde avec ta mauvaise humeur. Je comprends mieux pourquoi papa est toujours occupé en bas ou dehors. Vaut mieux ça que rester dans tes pattes. J'vais lui dire qu'on va aller se faire un bon steak chez René pendant que tu maugrées seule dans ta cuisine.

Elle n'avait pas terminé sa phrase qu'elle regretta d'avoir été aussi loin. Pourtant, elle venait de porter le coup de grâce. Sa mère se calma instantanément pour revenir à des sentiments plus amènes.

La pièce était étrangement silencieuse quand monsieur Perret y pénétra, le faciès toujours barré d'un franc sourire. Rapidement, il perçut le malaise. Sachant pertinemment qu'une demande d'explications ne ferait que rallumer des braises tout juste éteintes, il feint de n'avoir rien remarqué et se mit à travailler le sandre.

- On reste sur des filets dorés à la poêle ?
- Pour moi oui. Maman, filet ou entier avec une sauce ?

Ses démons auraient bien poussé Irène à répondre que, de toutes les manières, la cause était déjà entendue entre père et fille, mais le coup de semonce qu'elle venait juste d'essuyer d'une Inès remontée l'avait passablement blessée. Elle esquissa un timide sourire en se rangeant à l'avis général.

Inès passa son tour apéritif pour pouvoir se délecter du breuvage doré bourguignon avec les filets de sandre délicatement saisis, et tout bonnement succulents. Dame Perret servit ses haricots frais avec quelques dés d'échalotes croustillants. Elle faillit expliquer pourquoi elle n'était pas en mesure de proposer un dessert de sa confection, mais s'abstint, préférant poser la coupe de fruits au centre de la table. Le chef de famille sirota une petite mirabelle dont il offrit le canard à son épouse.

La jeune femme proposa d'aider à débarrasser, mais fut stoppée, d'une seule voix, dans son élan par ses parents. Elle prit un moment de plus pour se rincer d'un thé et discuta un moment de la pluie et du beau temps avec ses parents. Puis, vint le moment de prendre congé. Inès se leva, embrassa tendrement sa mère et tendit la joue à Gaétan qui s'esquiva au motif qu'il la raccompagnait à la moto.

Une fois dehors, il fit signe à sa fille de démarrer l'engin afin de pouvoir lui glisser quelques mots sans que sa femme ait la possibilité « d'écouter aux portes ».

- Elle va pas bien en ce moment. Fatiguée de se lever si tôt. Susceptible comme jamais. Agacée par la moindre brise. Il est plausible qu'elle nourrisse quelque jalousie à ma prise de retraite anticipée. A moins qu'elle nous couve une petite déprime ? Qu'un retour de ménopause la travaille ? Mais, le fait est qu'elle va moyen. Je sais que t'as remarqué puisque ça avait frité quand je suis remonté de la cave pour la seconde fois. On fait quoi pour elle ?

- J'appellerai Jeanne. Voir ce qu'elle en pense. Et te tiendrai au courant. Mais, il faut me promettre de prendre ton portable avec toi. Manquerait plus qu'elle tombe sur un de nos sms, et qu'elle se mette dans le citron qu'on complote contre elle. Je l'aime bien ma petite mamounette, mais ça m'attriste de la voir comme aujourd'hui, partir au moindre quart de tour. Je sais pas si elle me fait pitié ou si je la bafferai quand elle fait ça ? Bon, allez mon papou, prends soin d'elle. Convaincs la de faire une sieste flash après le déj. A son âge, se lever à quatre plombes du mat, c'est éreintant. Et sors-la un peu de ses casseroles. Emmène-la se promener un peu, ça lui fera du bien de prendre le soleil. Promets-moi de bien veiller sur elle.

- Parole ! Et toi dans tout ça, tu vas bien ? Même pas eu le temps de se parler tous les deux.

- Je vais impec. Je file à présent. Remercie Dédé pour moi, sa pêche était divine. Tout en discutant, Inès avait enfilé son casque. Elle mima d'embrasser sa main droite, qu'elle passa sur la joue râpeuse de son paternel.

Libérant précautionneusement la manette d'embrayage, laissant pendre ses jambes le temps de traverser le gravier, la motocycliste fit un signe de la main gauche pour saluer une dernière fois ses parents, puisqu'Irène s'était positionnée à la fenêtre de la cuisine. Progressivement, elle enchaîna deuxième et troisième rapport avant de soudain décélérer. Dédé venait de lui apparaître dans l'encadrement de son portillon. Pariant qu'il sortait pour sa balade quotidienne, elle laissa mourir jusqu'à sa hauteur, fit pivoter la visière pour se rendre audible et lui glissa.

- Ton sandre, mon Dédé, c'était une pure merveille. T'es mon idole. Bonne balade.

- Merci ma poulette. Ravi que tu te sois régalée. A très bientôt.

Il avait tout juste terminé de prononcer ces mots qu'Inès embraya. Avant de monter les vitesse de la boite séquentielle, un peu plus rageusement cette fois-ci.

Il était un peu moins de quinze heures lorsque la Honda reprit position dans son emplacement originel. Inès grimpa au premier étage, et s'installa à son bureau. Rien à faire, elle n'avait aucune envie de travailler. Pas une once de concentration. Elle se dressa de son fauteuil comme un ressort, direction le bureau du chef de groupe, qui n'était pas seul dans son antre. Inès lui donna à comprendre, à travers la vitre, qu'elle avait juste quelques mots à lui dire. Ce dernier pria son interlocuteur de l'excuser momentanément et vint s'enquérir de ce que voulait sa collègue.

Sans lui demander le moins du monde son aval, la jeune Lieutenant informa son commandant qu'elle posait son après-midi. Et, contre toute attente, ce dernier lui indiqua qu'il lui faisait cadeau des heures, et de bien en profiter pour bien se reposer.

- Il doit en préparer une ce gros naze ! Jamais vu aussi aimable. C'est très louche, cette gentillesse.

Puis, à elle-même :

- Faut que j'arrête de faire ma Irène. Maman, sors de ce corps !

14

Jeudi 14 septembre 1993.

Bruno passa la tête entre l'arête de la porte et le chambranle.

- Tu t'arrêtes jamais, toi ?

Levant juste les yeux.

- Ah, Bruno. Entre. Je mets un terme à mes annotations sur le dossier médical de Mme Ledru, et j'suis à toi.

- C'est bien ce que je dis. Toujours en train de bosser.

- C'est pas pour ça qu'on nous paie ?

- Si, bien sûr. Mais t'as aussi le droit de faire un petit break de temps à autre. Et sur ce que j'entends, c'est pas trop dans tes habitudes.

- Faut pas croire toute ce que les gens racontent.

- Même quand ça vient de Delph' ?

- Là, ça serait différent. N'empêche, ça m'étonne d'elle. Pas son style de déblatérer sur les collègues. Elle a vraiment dit ça, ma consœur ? Curieux...

- On te la fait comme ça pas à toi. Tu le sais que Delph' parle pas sur les gens. En effet, ça vient pas d'elle.

- De qui ça vient, on s'en tape. De toute façon, c'est pas si faux. Mais t'es pas venu ici pour m'inciter à rendre plus souvent visite à la machine à café, n'est-ce pas ?

- En effet. Je suis là parce qu'Emilie est venue me causer. T'as une idée de qui ?

- Comment je pourrais ? Je la connais pas, ou à peine, moi cette nana. De son mari ? Son gamin ? Son père ? Un amant ? Que sais-je ?

- Tain, mais tu le fais exprès, ou quoi ? Tu crois que je me déplacerai jusqu'à ton burlingue pour t'entretenir des personnes que tu viens de citer. A part s'ils avaient une pathologie relevant de ton service...

- Ça a donc un rapport avec moi ?

- Bravo champion. *(Ironique)*.

- Emilie, c'est pas la rousse, hein ? La rousse, elle a un prénom de mec. Pas commun d'ailleurs. Ça me revient pas.

- Ça y est, il arrête de faire son autiste le Léo ! La rousse c'est Lionèle. Et mon petit doigt, enfin celui d'Emilie pour être plus exact, m'a dit que justement elle en pince pour toi, cousin.

- Qui ça ? Emilie ?

- Non mais là, c'est grave mec ! Liiiooonèèèle ! C'te

gamine a le béguin pour tézigue. Mais comme elle est d'une timidité maladive, ça risque pas qu'elle vienne te le dire. Pas plus qu'elle en a pas causé à ses collègues, d'ailleurs...

L'interrompant :

- Ben alors, comment on sait ça ?

- Parce que la dernière fois que t'es passé par la cafète, où tu t'es même pas arrêté pour te poser une seconde, les filles étaient en train de faire une petite pause pâtisserie, quand la rousse, comme tu l'appelles, est restée hypnotisée quelques longues secondes. Anaïs a mis un coup de coude à Emilie, et quand elles t'ont vu, dans la file d'attente, un casse-dalle à la main, elles ont fait le rapprochement. Pour assurer le coup, elles ont posé LA question Lio, qui s'est immédiatement mise à rougir, bafouillant que « mais n'importe quoi, qu'est-ce vous racontez ? » etc... Comme la chose s'est produite la semaine dernière, que tu n'en pas capté la moindre seconde, et que strictement rien n'a évolué, Emilie est venue me voir ce matin en me suppliant de venir t'en parler. Et me voilà.

- Entremetteur donc ! Te voilà marieur. Le jour où t'es shooté de l'Assistance Publique, tu pourras toujours te reconvertir ! Vous formez une belle équipe en pédiatrie. Pas étonnant que votre service regorge de bambinos, au train où vous unissez les gens !

- T'as tout compris mon gars. Bon, trêve de plaisanterie. Tu t'en occupes ?

- Je te promets rien. J'ai pas que ça à faire. Même si je dois avouer qu'elle m'avait fait une très bonne impression, ta rouquine. Comment elle est au taf ?

- Non, mais pincez-moi, j'hallucine ! L'autre, il veut

savoir comment elle bosse ! Il est pas vrai ce type ! Si ce n'est la parole, qu'elle ne distille qu'à dose homéopathique, elle est top. Consciencieuse et efficace. J'en changerai pas.

- Bon. (...)

- Quoi, c'est tout ?

- C'est tout quoi ? Je t'ai dit que je verrai, ça suffit pas ? Tu veux pas que je te signe un papelard, aussi ?

- Et tu verras comment, je te prie ?

- Eh, Bruno. Vous me saoulez à vouloir me faire sauter tout ce que la terre porte de femmes ! Un coup, c'est l'autre interne, un coup c'est toi. Faut vous faire soigner, les gars... Sourire... Faudrait pas que je te raconte aussi tout ce qu'on fera ? Allez, va bosser, mon ami. T'es venu porteur d'un message, et ce message, je l'ai parfaitement compris et enregistré. Ta mission à toi est remplie. Je t'assure, j'ai plus besoin de toi à présent. Ce que je ferai de ton info, tu le verras dans l'avenir... Ou pas ?

- T'étais déjà une grosse tête de mule, étudiant, je vois que ça s'est pas arrangé.

- Moi aussi, je t'aime Bruno.

- Bye Léo.

(…) Léo ne prononça pas un mot supplémentaire. Il se contenta de répondre par un sourire, dont il était bien malaisé de deviner s'il était franc ou narquois.

En attendant, l'infirmière qui lui avait tapé dans l'œil quelques jours auparavant ne semblait pas insensible à son charme.

Restait Jade. La patiente, qu'avait draguée son collègue Hervé.

Avant de se faire éconduire, elle semblait intéressée par autre chose. Et était passée à l'offensive. En venant chercher directement Léo à la sortie de sa vacation. Ensemble, ils étaient allés dîner. Avaient passé une soirée tout à fait délicieuse, annonciatrice de perspectives charnelles. Que Léo avait pourtant clos de manière platonique. Jamais le premier rendez-vous.

Aussi interloquée que désenchantée, un brin vexée, même, la brune avait hélé un taxi. Et regagné ses foyers. Seule. Toute à sa déception.

15

Vendredi 6 novembre 2010.

Plus silencieuse qu'un reptile, écoutant aux portes, elle était tapie derrière le mur.

Mathieu s'était affalé sur le canapé d'angle, télécommande en main. Zappant avec assuétude.

Sylvie insérait un galet dans la trappe du lave-vaisselle, avant de l'y rejoindre.

- Bébé, tu sais ton amoureux du lycée ? Il ouvre un cabinet médical.   -
Impossible, il a été radié par l'Ordre il y a quelques années de ça.

- Ecoute, j'ai pas de détails sur le pourquoi du comment, mais je sais qu'il fait sa crémaillère mercredi

129

prochain. C'est François qui a capté une converse entre le Benoît de la Crim' et lui. T'as pas été invitée ?

 - Faut croire que non ! C'est pas banal quand même. Ils ont dû le réhabiliter alors ?

 - Vraisemblablement. Tu sais ce qu'il avait fait pour se faire radier ?

 - Aucune idée, il m'en a jamais parlé.

 - On est passé avenue de la Libération cet aprem, et en effet, y a bien son nom sur une plaque. Son associé est un certain Jules Atom. Ça te parle ?

 - Pas du tout ! Jamais entendu parler. Ecoute, même si la façon dont on s'est dit « au revoir » a été un peu bizarre, je suis heureuse pour lui. Il a mangé son pain noir, et s'il redevient médecin, c'est bien qu'il doit le mériter. Mais dites, les poulets, vous avez vraiment les oreilles qui traînent partout ! Sans compter que c'est pas joli-joli d'écouter aux portes. On t'a jamais appris ça, quand tu étais petit, Mat' ?

L'homme s'abstint de répondre.
Sylvie ne croyait pas si bien dire.
Ecouter aux portes était très vilain.

Mais Nila s'en fichait. Elle, qui ne passait pas une journée sans penser à Marie, à qui, depuis l'épisode de l'hôpital, elle vouait une haine tenace et farouche, n'avait pas perdu une miette du dialogue. Quelle aubaine ! Même si elle était aussi fortuite que miraculeuse, l'information qu'elle venait subrepticement d'intercepter, lui donnait enfin une concrète opportunité d'assouvir sa vengeance. Restait juste à savoir laquelle. Et comment la fomenter.

16

Vendredi 19/11/2010.

Armelle posa un pied par terre. Instantanément, elle sentit un courant d'air glisser le long de sa colonne vertébrale. C'était pas vraiment la grande forme. La blouse de patient, qui lui servait de seul vêtement, le lui confirmait. Elle traînait une céphalalgie carabinée.

En fouillant dans ses souvenirs, elle trouva à peu près autant de matière que dans une épicerie polonaise durant la guerre froide. La dernière image nette fut la robe rouge que Léo lui avait aider à finir de boutonner. Ensuite, le néant.

*

Les vertus de la patience, Boun les avait intégrées. Aussi, il prit le temps d'explorer, en détails, tous les recoins de la chambre. C'était pas la taule.

- Putain, faut que je rentre ! S'agita-t-il.

*

Anne ouvrit un œil. Avant de le refermer très vite.

Florence se frotta les paupières, comme pour effacer un vilain cauchemar, et chasser cette affreuse migraine. Elle aperçut son amie dans le lit voisin.

- Qu'est-ce qu'on fiche dans un hôpital ? Murmura-t-elle.

*

C'est par une miction drue et bruyante que Benoît commença sa journée. Il se passait les mains sous le robinet lorsqu'il entendit une voix familière le flatter :

- Joli petit cul !

- Je te retourne le compliment, vilaine petite obsédée.

Il n'eut pas eu le temps de faire complètement volte-face que la petite furie lui avait sauté dessus. Et s'était accrochée à son cou. Tellement heureuse.

*

Le premier debout, ce fut Jules. Il était sorti dans le parc respirer un peu d'air pur, et dérouiller son squelette. La literie hospitalière serait éternellement perfectible. Puis, il avait trottiné quelques foulées cadencées dans les allées herbacées, comme pour vérifier qu'il était réellement vivant. A cette heure-là, elles étaient désertes. De retour, apercevant un petit carré de pelouse « wimbledonien », il ne dérogea pas au rituel quart d'heure d'étirements. Et misa un billet virtuel sur Mel, lorsqu'il entendit derrière lui le cliquetis si singulier de talons hauts sur le bitume.

Bingo ! C'était bien elle. Comme il pensait refouler du goulot, il prit le parti de la saluer d'un sourire, mais cette-dernière, hyper tactile, insista pour être embrassée. Soit. S'il n'y avait que cela pour lui faire plaisir... Elle lui exposa pourquoi, contrairement à la troupe, elle avait été orientée sur une autre structure. Puis suggéra, avant d'aller aux nouvelles en passant préalablement par la case café.

La « réa » était pleine comme un œuf.

Vu sa composition, on aurait pu croire que la seconde mi-temps de la crémaillère allait débuter. Mais les tenues, et les mines déconfites indiquaient tout le contraire. De tous les admis, aucun, pour le moment, n'avait demandé ou obtenu le feu vert médical. Ce n'était plus qu'une question de minutes, d'heures, tout au plus.

*

Quand Léo recouvra ses esprits, il n'avait que des questions. Assise dans le grand fauteuil, dans sa superbe *roube*, sa visiteuse avait les réponses.

- Marie et Angel vont bien. Elles dorment encore. On est à Gabriel Montpied. Tous. Intox apéritive de prime abord, mais empoisonnement au curare, en réalité. Et toi chéri, pas trop la tête en friches ? La vérité, c'est que Léo ne connaissait pas les céphalées. Jamais le moindre mal de tête. Aujourd'hui n'échappait pas à la règle.

*

Boun n'eut pas à sortir urgemment de sa carrée, hirsute et débraillé, pour prévenir le centre pénitentiaire qu'il n'était pas déserteur, que si son bracelet n'émettait pas le signal prévu, ce n'était pas volontaire.   Denis avait trouvé les mots pour l'apaiser, et porter à sa connaissance que sa nouvelle *copInès*, avait fait le nécessaire auprès du directeur de l'établissement et du Comité de Probation. Rien ne pressait. Au contraire, le caïd pouvait prendre tout son temps pour convalescer.

N'importe quel autre détenu y aurait fait durer, mais l'asiatique, qui n'avait pas encore intégré totalement l'idée qu'il était libre, et qu'il ne suffisait plus qu'un paraphe sur le document officiel. De fait, il insista pour qu'on le conduise à la taule. Etait-ce le contrecoup de l'empoisonnement ?

Denis lui expliqua calmement, mais toujours dans son vocabulaire atypique, qu'il n'avait aucun besoin de réintégrer ses quartiers pénitentiaires. D'ici quelques jours, peut-être même quelques heures, il serait convoqué une ultime fois à la maison d'arrêt, pour s'y faire ôter son bracelet, récupérer ses effets, et apposer son paraphe au dessous du tamponnage rouge oblique : LIBRE.

Il prit un peu de temps pour souffler et fit un crochet par la salle de bains. Fit un brin de toilette et emprunta le couloir pour aller aux nouvelles. Il passa la tête par la première porte. C'était la chambre de Léo.

- Ton come-back a pas l'air de ravir tout le monde, cousin ?

- Tu crois que ça a un rapport ? Je vois pas qui ça pourrait déranger. A part ma défigurée... Et encore, comment elle saurait ?

- T'es comme ça toi ? Tu penses qu'il n'y a pas de lien de causalité ?

- A dire vrai, je sais pas. J'avoue ne pas trop comprendre. Du curare, en plus ? Pas le truc simple à dégoter. Bon, en tous cas, l'enquête est déjà en cours. Je te tiens au courant dès que j'en sais plus.

- On fait ça. Denis va passer un coup de main aux poulets. Et si t'as besoin de quelque chose ou quelqu'un pour forcer le destin, tu sais où t'adresser. Je réintègre mes nouveaux quartiers urbains. Armelle... Boun émit un signe d'hommages à son adresse. Puis, il fit claquer son pouce et son index, et traversa le couloir, direction la sortie.

Les autorisations de sortie dûment signées, les *pensients* prirent congé.

Un bataillon de femmes de ménage arriva à la rescousse pour faire place nette. Une demi-douzaine d'antillaises, armées jusqu'aux blouses. Jusqu'aux fichus même ! Avec toute la panoplie détergente et aseptique. L'armée (théoriquement) silencieuse se mit en ordre de bataille. Et investit les territoires dévastés.

Chambre 69.

- Oup...ardon, mssiédames !

Puis, se bouchant les yeux d'une main :

- Les chambres, elles devaient être vides.

- Y a pas de mal. C'est vrai qu'on aurait dû être partis. Mais, comme on est là, on va rester encore un peu. Disons... un bon quart d'heure ? Embraya Jules. Anne feignit une moue contrariée.

- Disons une petite heure. Pour être plus sûrs !

Elle afficha une mine nettement plus réjouie.

Pivoine, madame Sangouma repartit d'où elle était venue. Elle écarta mollement ses deux doigts pour se donner un ersatz de vision.

Lundi 4 octobre 1993.

Léo n'en pouvait plus.

Exsangue, il roula sur le flanc, peinant à retrouver un rythme cardiaque apaisé. Si nouvelle joute il devait y avoir, c'est sûr, son cœur n'y survivrait pas. En outre, l'amant allait finir par éjaculer en poudre.

Le feu et la glace.

Discrète, réservée et notablement introvertie à la ville, Lionèle s'était révélée, au lit, tour à tour magnifiquement enthousiaste, étonnamment voluptueuse, mystiquement déchaînée, passablement envoûtée, littéralement obsessive et définitivement insatiable.

S'il avait perdu l'habitude des parties de jambes en

l'air échevelées, il ne crachait pas sur la chose pour autant. D'ici quelques jours, il aurait retrouvé le rythme. Il regarda sa partenaire incandescente. Jamais, il n'aurait pu imaginer pareille santé. Les apparences, parfois...

Il fila sous la douche.

Habitué à son mitigeur, il ne lui fallut quelques secondes pour régler, à l'aide des deux croix chromées, la température du liquide craché par le plafond. Il pencha la tête en arrière, ferma les paupières et, malgré des cheveux plutôt ras, se passa les mains sur le crâne. Du sommet du front à la nuque. Plusieurs fois. Il resta un moment dans cette position de bien-être lorsqu'il décela soudain une présence à ses côtés.

- Liooo... On va finir par être en retard. Invoqua-t-il en guise de dénégation.

- Ah oui ? Et bien, tu me rédigeras un mot d'excuses pour le retard. Ironisa-t-elle.

- Jamais de la vie ! Je peux pas souffrir les gens en retard. Tu comprends bien qu'en aucun cas, je m'aventurerais à motiver illicitement leurs carences. Ma conscience n'y survivrait pas.

- Oh, oh ! A ce point ? De toutes les façons, je plaisantais. On n'a plus le temps, mentit-elle.

Puis, lui mordillant le lob de l'oreille.

- Allez, juste quelques minutes, prends-moi ! Là, comme une chienne !

Bien que légèrement confondu par la vulgarité de cet

impératif, Léo s'exécuta, et remit le couvert. Impressionné mais aussi décontenancé par sa zélatrice. Plus que l'inextinguible désir dont elle semblait animée, c'est plus la forme de cette appétence qui suscitait son interrogation.

Vendredi 19 novembre 2010.

- Si on allait manger un p'tit bout ? Je crève la dalle.

- Tout ce que tu voudras, mon amour. Rétorqua Inès.

- Ben, qu'est-ce qui t'arrive ? Fini, la sauvagerie ?

- Ça risque pas ! Mais, vous m'avez fait peur, toi et tes amis.

- T'avais qu'à venir avec moi à la crémaillère. Comme ça, tu les appellerais plus « mes » amis, et t'y aurais ramassé comme tout le monde. Du coup, au lieu de te faire du mouron, t'aurais été stone pendant trois jours, comme nous tous. Ça t'apprendra à faire ta bégueule !

- Ben, bonjour l'accueil. Ça fait plaisir !

- Fais pas ta susceptible, princesse. On va où ?

- Je suis bien sûre qu'un breakfast anglo-saxon te

brancherait. Donc, chez Wallace.
- Emballez, c'est pesé !

Plutôt qu'enserrer les poignées arrière du roadster, Benoît prit en étau son amazone, qui, touchée par cette marque d'affection virile, embraya aussitôt.

Le brunch avalé, les tourtereaux sortirent de l'établissement. Ils enfilèrent leur casque. Ben tendit la main, à Inès, paume vers le haut. Celle-ci y posa les clés de contact.
- Boulot ? Interrogea-t-il.
Signe de tête latéral de miss Perret.
- T'as raison, ça peut bien attendre un peu. P'tite baise alors ?
Ses yeux s'illuminèrent dans un franc et sincère :
- Pourquoi petite ?

Etait-ce les effets secondaires du traitement ? Ben se trouva particulièrement performant. Inès revivait enfin.

19

Quand ils auront fini de se trousser. Tous autant qu'ils sont... *(Sauf les adolescentes, Flo et Mme Devault)*... On pourra peut-être passer à autre chose ?
Et poursuivre l'histoire.

Jeudi 16 juin 1994.

Jade avait eu une grosse journée.

Après avoir ferraillé ferme pour obtenir le prêt qui lui permettait de se lancer professionnellement, elle avait dû également bataillé comme une tigresse avec l'architecte pour essayer de lui faire comprendre ses projets de travaux de la galerie. Des heures de palabres. Et, au sortir de ces dernières, elle avait eu la désagréable impression qu'il n'avait rien compris. Qu'il n'était toujours pas en phase avec elle. Heureusement qu'une amie le lui avait conseillé !

C'était décidé, elle se mettrait en quête d'un nouveau désigner.

A grand peine, les bras chargés, elle donna un tour

de clé dans la lourde porte en chêne de son appartement, qu'elle poussa lentement du pied. Une aile de pigeon, subtilement dosée, fit doucement, presque au centimètre près, claquer cette dernière dans l'autre sens. Une fois dans son intérieur, la jeune femme attendit d'être suffisamment proche de la table centrale pour y poser délicatement ses cabas.

Jade n'était pas du style à martyriser les choses. Encore moins à tout jeter en écartant les bras. Elevée par le compagnon de sa mère, un caporal-chef, tout ce qu'il y avait de plus rigoureux, et une maman, héréditairement plus cool (mais qui avait fini par prendre quelque pli mimétique), elle avait le respect du matériel. Ne parlons pas de sa relation aux personnes, qui ne souffrait d'aucune insuffisance. Enfance heureuse jusqu'à ce que ses deux frères jumeaux, de cinq ans ses aînés, fassent leur coming-out, une veille de Noël. Pourtant génétiquement dépourvus de cette faculté, les fruits de mer avaient volé, ce réveillon-là !

Aussi bon père qu'il ait pu être, on ne put sauver le soldat Laurent. La révélation lui fut impossible à digérer. Pas plus dans les premiers instants que par la suite. Jack et Daniel n'eurent aucun loisir de présenter leur ami respectif.

Par respect pour leur père, ils quittèrent la table avant qu'il ne les précède. Ne goûtant ni dinde, ni bûche. Abandonnant piteusement, et dans un lâche remords, mère et sœur au spectacle de désolation. Ils grimpèrent dans leur chambre, où leurs affaires (même s'ils espéraient secrètement le contraire, ils avaient prévu l'incident) étaient déjà prêtes. Et ne remirent jamais les pieds dans la maison familiale. Jade vécut ainsi ses dernières années adolescentes comme fille unique. Avant ça, elle avait été très heureuse.

Dans ce qu'elle venait de poser, se trouvaient trois lettres.

Celle estampillée Trésor Public ne retint nullement son attention. Les mauvaises nouvelles peuvent attendre, pensa-t-elle. L'adresse de la seconde était manuscrite. Une calligraphie qui lui parlait, sans qu'elle puisse toutefois identifier son auteur. La troisième enveloppe de papier était saumon et venait du Ministère de la Culture. Elle en connaissait grossièrement le contenu.

Elle ouvrit son réfrigérateur. Hésita entre alcool ou pas. Oscillant finalement entre un verre de cidre ou de blanc. C'est la finalement la Normandie qui l'emporta.

Elle attrapa son coupe-papier (et non un couteau, ou un cutter. - « *Un couteau sert à couper. Pour fendre une tête d'enveloppe, il convient d'utiliser un coupe-papier. Dans ta vie, n'utilise pas n'importe quoi, sinon c'est précisément ce que tu finiras par faire d'elle ! »*), fendit le rabat de l'enveloppe, tira la feuille A4 pliée en accordéon qu'elle contenait, posa une fesse sur le tabouret et lut :

Jade,

Comme ça se passe formidablement bien entre nous, je me demandais si tu voudrais pas installer qqs vêtements et effets de toilette chez moi.

La lectrice posa son verre de cidre.

Ses yeux s'étaient drapés d'un voile légèrement humide.

On y était.

Depuis leur premier dîner, et la fin de soirée en queue de poisson, qu'elle avait eu bien du mal à digérer, les choses s'étaient considérablement arrangées. Léo s'était bien rattrapé. Pourtant, il avait commencé par ramer, souquer ferme aurait même ajouté le chef de nage d'un « huit », pour déverrouiller, et ramener à ses sentiments moins rocailleux, celle qui avait vécu comme une offense sa fin de non-recevoir initiale. Quelques semaines et trois invitations déclinées furent nécessaires pour faire dissoudre la pilule. Quand enfin, elle décida que cela suffisait, qu'il était temps de prononcer l'absolution.

Aujourd'hui, elle ne regrettait pas.
Son Roméo était une merveille d'amoureux. Et,

après ces mois de cohabitation, s'il ne lui demandait pas officiellement sa main, l'homme lui proposait de partager sa vie, ce qui revenait strictement au même.

Toujours en quête du petit détail original, qui faisait d'elle quelqu'un de pas ordinaire, Jade réfléchit à la forme (le fond étant acquis) de sa réponse. Elle farfouilla dans son placard à chaussures et y dénicha ce qu'elle cherchait. Une boîte d'escarpins gris, ornée d'un « high heels » doré. Des L.K. Bennett, chausseur londonien pour femmes. Nantie d'un marqueur rouge, elle inscrivit en lettres minuscules, sous les lettres brillantes « Des hauts talons pour Léo Talon ». Puis, « premier carton de déménagement ».

Elle y disposa, aussi rationnellement agencés que des rangées de bonus à « Tétris », les effets qu'elle comptait installer chez son futur. Effets de toilette, maquillage, lingerie et divers objets auxquels elle tenait. Elle emballa le colis dans du papier kraft fauve, et attendit le moment venu pour aller le déposer elle-même devant la porte dont elle ne tarderait pas à avoir la clé.

21

Vendredi 26 novembre 2010.

Boun avait réintégré ses quartiers, mais avant ça, il avait eu chaud aux miches. Lui qui ne se sentait vraiment en sécurité que dans ses murs ne risquait pas de changer d'avis après ça. Et ce n'était pas sa parano, galopante à mesure des années de cabane, qui aller minimiser ce sentiment.

- Je veux pas savoir comment, mais tu me retrouves cet enculé ! Par tous les moyens. Aucune limite. Aide-toi de la petite, elle me plait bien, elle. Et si c'est possible, quand tu auras trouvé le responsable de ce merdier, j'aimerais lui parler avant que tu l'envoies vingt pieds sous terre. Ok, Denis ?

L'homme de main se mit en quête de l'empoisonneur.

Il joignit Inès, persuadé qu'elle lui refilerait quelques infos. Perdu ! Elle était déjà sur le coup et n'entendait pas se faire souffler la politesse, fut-ce par son néo polski-guard. Cette éconduite amicale froissa le balte, qui n'en pensa toutefois pas moins. Il s'apprêtait à bouder dans son coin, quand l'interlocutrice, présageant qu'elle pourrait avoir besoin de lui quand il s'agirait de forcer un peu le destin, lui proposa une association. Le deal devait impérativement rester secret puisque les méthodes employées risquaient, selon la conjoncture, de se révéler fort peu conventionnelles. Ce partenariat occulte n'aurait donc aucune existence officielle et ne serait évidemment que temporaire. Enquête à l'ancienne, sans protocole, ni perte de temps en conjecture formaliste. L'indécente proposition emporta l'adhésion de l'ami Denis. Sans amendement, ni bémol.

Pendant qu'Inès se concentrait sur le volet administratif, Denis accepta de se goinfrer la fastidieuse enquête de voisinage. On lui récupéra une carte de flic, qu'un imprimeur peu scrupuleux mais particulièrement adroit, orna de sa truffe en polaroid noir et blanc. Brème factice mais très réalise en main, l'enfant de Wroclaw s'improvisa inspecteur.

Pendant ce temps, Inès œuvrait en sous-marin au central. Feignant quelques dossiers antiques à clôturer, elle passa une partie non négligeable de son temps à faire des recherches de son poste de travail informatique. Son premier objectif était de déterminer où on pouvait se procurer du curare. Ensuite, elle mit la pression à Joe pour qu'il accélère ses recoupements et fasse parler l'infiniment petit. Les journées du scientifique s'étirèrent au point que, trois jours après ses relevés, les valises qui cernaient ses paupières eurent été interdites en cabine de vol long courrier !

C'est un zombie qui annonça à Inès que, de toutes les paluches relevées sur la scène de crime (on en était bien là, empoisonnement était criminel, et passible des assises), une n'appartenait pas aux convives présents et hospitalisés. Ces empreintes avaient été décalquées sur un flanc de la jatte de punch dont Armelle avait confié la préparation à une relation martiniquaise, une princesse du breuvage antillais. Traître mais fameuse, la mixture avait connu un tel succès que les trente-trois litres du cruchon avaient été intégralement torpillés.

Ben avait rendez-vous avec Léo au cabinet, pour l'aider à nettoyer. Mais aussi pour faire le point sur ce qui s'était passé. Sur place, les deux amis avaient pu constater l'étendue des dégâts. Rien de dégradé par bonheur, mais l'endroit était salement crade et empestait le tabac froid. Les invités, qui avaient -pour la quasi intégralité- perdu connaissance, avaient été touchés dans une variation de assez subite à foudroyante. D'aucuns s'étaient effondrés un verre à la main. Verre dont le contenu s'était logiquement répandu sur la surface la plus proche.

Par ailleurs, le travail des secours avait, lui aussi, généré son lot de déchets. Sachets plastique, seringues, bandes adhésives et autre petit matériel jonchaient le sol çà et là, amplifiant la sensation déjà prégnante de désolation orgiaque.

Le flic et le toubib se retroussèrent les manches, au point que deux grosses heures plus tard, le cabinet avait repris son apparence fonctionnelle. Retenu pour un soin à domicile, Jules avait rejoint le binôme dans la dernière demi-heure, apportant une fraîcheur et un allant qui commençaient à manquer chez ceux qui astiquaient depuis un bon moment.

Le local propre, Benoît avait étalé une bâche sur la pelouse, vidé le contenu des poubelles, qu'il avait étalé sur la protection plastique. Un grand classique dans les constatations domiciliaires criminelles. Il s'était livré à un examen minutieux des détritus, au cas où quelque chose attirerait son attention d'enquêteur.
Rien.

Armelle indiqua à Prudence qu'il serait nécessaire de l'auditionner par procès-verbal. Elle fut convoquée au Central, mais son témoignage n'apportait aucun élément de nature à orienter les investigations en cours. Seule information digne d'intérêt, elle avait confié la mission du transport du nectar apéritif à son neveu Camille. Elle lui adressa un sms pour l'inviter à prendre attache avec le lieutenant Perret de la Brigade Criminelle.

La déposition de Camille ne fut guère plus probante. Rien d'étonnant pour quelqu'un n'ayant aucune envie de poser les pieds dans un commissariat de Police. Pour l'entendre confirmer qu'il avait joué au livreur.

A sa convocation officielle téléphonique, il avait, à l'autre bout du combiné, répondu à son interlocuteur qu'il n'avait rien d'intéressant à déclarer. Inès lui avait rétorqué qu'on était pas à la frontière ici, et que c'était à elle, et uniquement à elle, de juger de l'opportunité de son audition. Peu impressionné, et dans une nonchalance qui en aurait déstabilisé plus d'un, le jeune majeur avait annoncé son intention de ne pas déférer. Il n'en avait pas fallu plus pour qu'Inès se départisse de sa courtoisie, menaçant son convoqué de venir -le cas échéant- le chercher manu-militari. Camille avait commis la gravissime erreur de s'esclaffer.

Une demi-heure plus tard, la Denismobile s'immobilisait dans une impasse proche de l'hôtel de Police. Le rictus vengeur d'Inès fut la première chose qu'aperçut Camille, la prise de guerre, lorsque s'ouvrit le coffre. Jeté dedans comme une vulgaire ânée et « saucissonné » comme un bon rôti, l'antillais avait perdu de sa superbe. Sans un sarcasme sadique, elle demanda au prisonnier de la malle s'il consentait dorénavant à être entendu, procéduralement s'entend. Et poussa le persiflage à lui spécifier qu'il pouvait toutefois faire usage de son droit à garder le silence.

Le jeune homme à qui on avait « légèrement forcé la main », fut des plus laconiques. Et son interrogatoire tristement inconsistant. Avant qu'il ne prenne congé, l'enquêtrice le mit en garde ouvertement :

- T'as pas aimé les mauvaises manières de Denis, rien d'étonnant, puisqu'elles n'avaient aucune vocation à divertir. Cela dit, c'est rien à côté de ce qui t'attend si t'as omis de mentionner des choses importantes. Ou de simplement utiles à l'enquête. Alors, avant de retourner feignasser chez toi, réfléchis bien. Et te méprends pas, il ne s'agit nullement d'une menace, mais plutôt un conseil bienveillant.

Rien à faire, Camille restait muet comme une tombe. Affichant la moue du mec vexé à mort, qui ne desserrerait pas les chicots, sauf si on les lui fracassait. Sans surprise, il refusa d'apposer un paraphe au pied de son simulacre de PV d'audition. Et, autorisé à, son amour-propre passablement écorné, quitta le commissariat central à l'inverse de la façon dont il y était entré : libre.

Côté Identité Judiciaire : Aucune bille. Juste une trace. Nette. Mais qui ne correspondait à aucun client connu de la base.

De son côté, Denis n'avait, malgré sa belle carte et son sens inné de la persuasion, pas fait un meilleure pêche. La plus belle femme du monde...

On était au point mort. Et ça faisait bien chier.
Inès avait le couteau entre les dents.
Denis la pression.
Car il était hors de question de penser vendre à Boun qu'on avait rien, ou presque. C'était pas le genre de locdu à qui on pouvait parler de vaines ou infructueuses recherches. Fallait pas espérer une seconde qu'il se contenterait de ça.
Léo, Jules et Ben restaient perplexes.
Armelle n'en disait rien.
Restait Marie.

22

Mercredi 3 novembre 1999.

Marie entra dans la classe. Et vint s'asseoir à côté d'Isabelle.

- Ça va ma belle ?
- Voui maîtresse.
- Tu participes pas aux jeux calmes, dehors ?

Marie fit un signe négatif.

- Et qu'est-ce que tu aimerais faire ? Tu veux qu'on lise un livre ?

La fillette acquiesça.

L'institutrice se déplia de sa chaise, et marcha en direction de la bibliothèque.

Little miss Talon lui emboîta le pas. Bien qu'en socquettes, elle marchait sur la pointe des pieds, comme pour être encore plus aérienne et légère.

L'enseignante prêta l'oreille à l'entrebâillement la porte capitonnée, d'où filtraient souffles respiratoires et mini-ronflements. Le dortoir, où somnolaient les petites sections, étaient un havre de paix. Pendant ce temps, Marie choisissait son livre : Cendrillon.

Comme cinq ou six autres ouvrages, ce petit illustré cartonné racontait une des contines les plus connues. Aux personnages habituels, se greffait un caneton jaune, que le dessinateur s'était amusé à cacher dans ses illustrations. Le grand jeu des tout-petits étaient, tout en suivant l'anecdote, de le trouver.

Marie était une grande amatrice d'histoires. Sous toutes leurs formes. Jade lui faisait la lecture quotidiennement. C'était même LE rituel du coucher. La maman s'installait confortablement sur le lit de sa princesse, qui venait se lover dans ses bras. Elle ouvrait le livre choisi, et quand Marie « enfournait » son pouce dans sa bouche, tandis que l'autre main servait à maintenir le doudou contre sa poitrine ou sa joue, la conteuse pouvait débuter. Parfois Léo passait dans le coin et ne manquait jamais de s'émerveiller du spectacle. La frimousse de Marie, dont les yeux rieurs scintillaient devant les pages qui défilaient, alors qu'elle n'en perdait pas une miette, valait tout l'or du monde. Parfois, il prenait la place de Jade, mais ce n'était pas si facile. Un, elle n'était pas trop d'accord pour la lui laisser, deux, Marie feignait de ne vouloir que sa maman.

Isabelle s'installa sur sa chaise et invita la fillette à

prendre place sur ses genoux. Marie ne se fit pas prier pour grimper. Son second doudou en main (le cousin de celui de sa maison), elle prit place et attendit que l'histoire débute.

Au cours de la narration, l'institutrice, qui avait décelé chez la fillette certaines facultés d'observation, décida de mettre sa perspicacité à l'épreuve. Au détour d'un chapitre, elle entreprit de s'octroyer quelques privautés avec le conte original, histoire de voir comment se comportait sa spectatrice.

La moue réjouie de l'enfant se mua instantanément en une mine sévèrement interrogatrice. Le regard si gai de Marie devint subitement « ateur ». Interrog. Puis réprob.

- Qu'est-ce qu'il y a Marie ? Un souci ?

Marie acquiesça d'un signe de tête.

- Ah oui, pardon. Et Isabelle reprit le fil normal du récit.

Quelques pages plus tard, elle s'octroya une nouvelle privauté narrative, prenant quelque aise avec les faits. Cendrillon ne rentrait plus chez elle à la hâte, un seul soulier de vair à la main. Isabelle poursuivait sa version toute personnelle de l'histoire, en guettant, du coin de l'œil sa petite auditrice.

Rien. Aucune réaction chez la petite maternelle.

Subitement prise d'un doute, l'institutrice s'assura que Marie ne s'était finalement pas assoupie dans la tiédeur douillette de sa position. Il n'en était rien. La fillette était tout ce qu'il y a de plus éveillée.

Et comme Isabelle, le temps de chercher un épilogue à sa version improvisée, avait sensiblement réduit son débit de parole, c'est Marie qui intervint :

- Y a un souci, maîtresse ?

- Non non, ma belle.

- Alors pourquoi tu dis pas ce qui arrive à Cendrillon maintenant ?

- Et toi, Marie, qu'en penses-tu ? Toi qui, tout à l'heure, lorsque j'ai voulu changer le passage du bal, tu m'as fait les gros yeux ?

- Ben, au bal, c'était pas une bonne idée de vouloir la faire danser avec le marquis de Bonifarce...

Isabelle l'interrompit gentiment :

- De Bonifacio, mon ange. C'est une ville du Sud de la Corse.

- Ah oui, d'accord ? Et ben, ce danseur, on sait pas si il serait tombé amoureux. Alors, y valait mieux que ce soit le prince.

- Très juste. Et là, maintenant qu'ils sont amoureux le Prince et elle... ?

- Ben, elle rentre pas chez elle en courant. Ça sert à rien de retourner voir ses deux sœurs stupides, et vilaines. Et sa méchante maman. Pour quoi faire ? Elle reste au bal et le prince l'emmène dans son château quand ils sont fatigués de danser. Comme ils s'aiment, c'est normal qu'ils se marient ensemble.

- Tu as parfaitement raison, mon lapin. Mais dis-moi, ça fait longtemps que tu as décidé que cette histoire devait se terminer comme ça ?

- Depuis la première fois où ma maman me l'a lue.

- Tu lui en as parlé à maman Jade ?

- Oh non ! Ça lui ferait peut-être pas plaisir que je change l'histoire ? Toi, c'est pas pareil. Tu nous dit toujours que si on voit quelque chose de pas normal, faut te le dire. Alors, c'est ce que je fais.

- T'es un amour, petite Marie. Et je persiste, quand on se trouve devant quelque chose qu'on pense ne pas être bien, il faut en parler à une grande personne. Tu as donc très bien fait. Quand ta maman te reracontera cette histoire, je te conseille de lui dire ce que tu en penses. Je suis persuadée qu'elle sera comme moi, très heureuse de connaître ta version à toi. Mais dis-moi, pour les autres histoires, tu as aussi, une imaginé une issue différente ?

- Pas toutes. Tu sais, maîtresse, les cochons, ils sont pas bien malins. Pour se rouler dans la gadoue et manger ce qu'on jette à la poubelle, faut pas réfléchir beaucoup. Alors, dans « les 3 petits cochons », c'est même bizarre que le troisième ait l'idée de construire sa maison en briques. Dans l'histoire, c'est le loup qui est trop idiot d'aller se fourrer dans la cheminée.

Isabelle en restait baba.

Cette petite élève, d'ordinaire, si réservée et si discrète, avait un regard étonnamment critique et sagace sur le contenu des historiettes.

- Sinon, une autre ?

- La belle au bois dormant, j'aime pas trop. On peut pas dormir 100 ans et se réveiller comme ça, parce qu'un prince vous a embrassé. Tu te rends compte, Isabelle ? 100 ans dans un lit... Tes muscles, y doivent être tout riquiqui après. Tu sais même plus marcher et tu dois tomber quand tu te lèves. J'aime pas trop cette histoire. Elle est un peu bébête.

Et puis Blanche Neige, elle est pas très rusée elle

non plus. Moi, si je voyais la sorcière, cette vieille au nez crochu, avec un gros bouton dessus, en plus, jamais je la mangerais sa pomme. Les pommes rouges, y a que dans les fêtes foraines qu'on voit ça. Elles sont pas bonnes. Quand j'étais plus petite, j'ai voulu en goûter une. Beurk, c'est vraiment pas bon ! Et ça colle aux dents. Tu trouves pas, maîtresse, que dans ces histoires, les personnages, des fois, y sont pas très « fute-fute » comme dit Papa ? Tu l'aurais pas mangé, la pomme toi non plus, parce que t'es intelligente, toi.

- Tu sais mon cœur, c'est pas les personnages qui sont bêtes, c'est simplement que ces histoires sont destinées à des petits enfants. Et que quand on a ton âge, souvent, on ne se pose ces questions. Mais, toi, t'es une petite fille mais drôlement maline. Certainement un peu plus que tes copains et copines. C'est pour ça que tu les trouves un peu bébêtes comme tu dis ces histoires. En fait, ta réflexion me donne une idée pour la classe. Tu sais ce qu'on va faire ?...

Marie ne répondit pas. Sa bouche était obstrué par le retour de son pouce. Elle fit non de la tête.

- On va reprendre les histoires une par une avec tes camarades, et on leur demandera ce qu'ils changeraient dans ces contes, s'ils le pouvaient. On gardera les meilleures propositions. T'es d'accord, petite fée ?

Un « foui » se faufila hors de ses lèvres, en même temps qu'elle opinait de son chef, redevenu merveilleusement jovial.

Marie se serra contre la maîtresse pour une dernier câlin.

Des petits bruits émanaient de la *pieste.*
Bientôt, Isabelle serait « à tout le monde ».

23

Jeudi 16 décembre 2010.

- Dis Papa, y a un truc strange, quand même.

- J'ai eu une grosse journée de boulot, alors fais court, Marie.

- Tu trouves pas bizarre qu'on ait rien sur cette empreinte ? Si c'était quelqu'un qui en voulait à Boun, ça serait un sbire du milieu. Et il serait immanquablement déjà dans la base de données digitales. Idem pour Ben, Jules et toi. Après quoi ? Quelques toubibs, une journaliste lesbienne et sa copine hétéro, ça colle pas tout ça. J'ai une idée, mais tu vas trouver ça débile...

- Maaaariiiie, sois gentille, viens-en aux faits.

- Tu te rappelles la petite de ta copine Sylvie. Elle

pourrait être assez branque pour être dans le coup. T'as vu à quel point elle était maboule, cette minette ? Je sais pas dire pourquoi, mais je la sens pas du tout, la Nila.

- Alloooons Marie ! Du curare. Comment elle se serait procurée un tel toxique ? Ça se trouve pas à la droguerie du coin, une potion comme ça. Et comment elle aurait fait pour en coller dans le punch ?

- Tu sais que ce qu'a dit Inès. Le Camille que Denis lui a ramené manu militari, qui a fait sa vexée, en a pas pipé une lors de son audition. Imagine qu'il l'ait vue la pitchoune, et que pour se venger du régime de faveur que vous lui avez réservé, il ait sciemment omis d'en faire mention. Lui, faut le retravailler au corps, mais pas au commissariat. Faut rappeler Denis, lui dire que l'ami de Pointe à Pitre nous fait des cachotteries déterminantes pour l'enquête, et que la vérité doit sortir de son corps, coûte que coûte. Comme ça, on en aura le cœur net. Si ça donne rien, au moins on aura tenté quelque chose. Plutôt que de végéter et ronger un os propre.

- Ma foi, ça risque quoi ? Que le livreur se fasse un peu secouer le cervelet ? Il s'en remettra. Et si Denis le remue comme il faut, on sait pas, des fois.

*

Appliquant le plan à la lettre, Johnny et Jimmy entrèrent chez Camille par le balcon, comme dans un moulin. Une fois à l'intérieur, ils ouvrirent à Denis, qui patientait sagement derrière la porte.
L'exécuteur des basses besognes tenait dans sa main gauche

un sac de cuir.

Le noirpiot ronflait comme un sonneur, sur le canapé. Devant, sur la table de bois, un narguilé fumait encore.

Denis prépara son matériel, méthodiquement.

Quand tout fut prêt, il fit un signe de tête aux jumeaux. Jimmy balança le contenu d'un seau d'eau froide au visage du rasta. Johnny était au dessus de la proie, en cas de réaction hostile. Paré pour un étranglement éventuel.

Ce ne fut pas nécessaire.

Même dans le gaz, le toxico d'opérette ne mit pas des plombes pas à assimiler la problématique. Le petit aperçu de son enlèvement express l'avait éclairé sur les gens à qui il avait à faire. Denis avait sciemment béé son sac, pour y laisser apparaître quelques instruments qui n'incitaient guère à la facétie. « Pas plus qu'au zwanze, une fois ! » Auraient enchéri nos voisins belges. Le mini-rapt de la semaine précédente avait été la lame qui tire le poil. L'heure à venir risquait d'être la seconde censée le couper.

Camille avait de l'estomac, mais il était pas maso au point de se faire torturer par simple orgueil. Parce qu'autant dans le murs policiers, il se savait plus ou moins protégé par la déontologie des forces de l'ordre, autant au secret de son logement, avec l'autre dingo et ses acolytes qui avaient l'air aussi tarés que lui...

Avant même que les grandes manœuvres ne débutent, il prit la parole, et en dépit d'une voix pâteuse et hautement léthargique, il fut relativement intelligible :

- Je dire quelque chose ?

- J'allais justement te le proposer. Mais attention, quelque chose d'intéressant. Si c'est pour nous raconter des cracks, ça risque de m'agacer un peu plus que je le suis encore.

- A quelques dizaines de mètres du cabinet, dans l'avant-dernier carrefour je crois, y a un gonze qui s'est pendu à ma fenêtre et m'a pris la courge en affirmant que j'avais heurté son scooter en tournant à droite. J'avais rien vu ni entendu, mais il a absolument tenu à me montrer le gnon qu'il avait sur le carénage avant. Je suis descendu voir et j'ai effectivement constaté une marque, sans pouvoir confirmer si j'en étais l'auteur ou non. Je lui ai proposé qu'on rédige un constat, mais il a pas voulu en entendre parler. Ça vaut pas le coup d'en causer à mon assurance, affirmait-il. Il voulait régler ça à l'amiable pour se faire un petit billet, mais comme je suis tout le temps raide...

- Ça, on s'en cague. Combien de temps t'as tchatché avec lui ?

- j'en sais rien, moi. Dix minutes. Peut-être moins ?
Denis posa la main sur une pince.

- Cinq, maxi.

- Il était seul ?

- Ben, je crois que oui. J'ai vu personne d'autre.

- Tu sais juste rien, quoi ? Le seul truc nouveau par rapport à ta déclaration à la police, c'est que t'as bien rencontré quelqu'un. Cette phrase fut ponctuée par un missile osseux s'écrasant sur l'arrête nasale de Camille. Ça, c'est pour le mensonge chez les schmidt.

- L'antillais aurait bien rétorqué qu'il n'avait pas menti puisqu'il n'avait rien dit, ou presque, mais il savait trop qu'il en prendrait un second s'il s'avisait à la ramener. Il se tut.

- Tu vois, mon p'tit doigt me l'avait dit ça. Ce n'est donc qu'une confirmation privée, ton scoop ! Comme t'as été bien coopératif, je détruit pas ta turne, ce coup-ci. Par contre, ton salon...

Denis ouvrit son briquet Dupont et enflamma le bas des doubles rideaux de la porte-fenêtre. Pendant que Camille se ruait dessus pour tenter d'en étouffer les volutes grimpantes, le pyromane saisit la bouteille de Rhum qui trônait fièrement devant le bar et en arrosa le reste des tentures.

- Tu ferais bien de t'éloigner Bob, sinon tu vas finir encore plus bronzé que t'es déjà !

Pas très imaginatif, Jimmy pinça le goulot d'une quille de whisky, et la lança contre le mur voisin. Pour être sûr .., ajouta-t-il avant de quitter le T3 qui commençait à s'embraser, tandis que son occupant s'évertuait vainement à jouer au pompier de service.

Denis intima à ses deux aides de camp que précisément ils le levaient.

Une fois dehors, il fila un coup de bigo à Inès, lui résuma l'entretien. Même si elle était mince, il y avait une chance que le gonze du scooter n'ait pas été seul. Et que, pendant qu'il palabrait avec le rastantillais, une frêle gonzesse gothique fasse de grosses conneries.

Fallait récupérer une empreinte de Nila. Ou son A.D.N., discrétos.

*

Conciliabule chez Jules à 20h.

- Kébabs ou pizzas ? voulut savoir l'hôte.

- OK. Faut s'organiser, lança Inès. Dans un premier temps, pas un mot de ce qui va si dire ici, et se faire par la suite, à Benoît. Vous le connaissez suffisamment bien pour savoir qu'il nous fera un putain de cirque s'il apprend que nous aussi, on joue aux petits voyous pour arriver à nos fins. Si on veut pas se goinfrer sa morale de cureton, on le laisse en dehors de tout ça. C'est mieux pour sa conscience, et l'un dans l'autre, ça nous laisse les coudées bien plus franches. C'est bon pour tout le monde ?

L'assemblée toute entière opina du chef.

Denis, qui avait intérieurement bloqué sur « les coudées franches », embraya :

- Les jumeaux se feront un plaisir de s'introduire chez Sylvie. Non, pas dans Sylvie, bande d'obsédés... Mais avant ça, faut être certain d'y trouver personne. Poulette, tu t'occupes du bacman ?

- Affirmatif. J'ai justement une mission où je dois les employer. Je ferai d'une pierre-deux coups. Un bon coup de com' pour montrer que la Crim s'adjoint les services de la Bac en ponctuel, et je l'aurai sous les yeux, certain qu'il lui prend pas l'envie de repasser par chez lui.

Léo : - Moi, je m'occupe de Sylvie. Laissez-moi un ou deux jours, le temps de la contacter et de lui filer un rencart pour becqueter. En espérant qu'elle accepte. Sinon, je lui proposerai un verre. Une petite heure, ça vous laisse le temps nécessaire ? interrogea-t-il les frangins acrobates.

- C'est plus qu'il n'en faudra. Répondirent de concert les frère « J ».

- Qui s'assure des mouvements de la petite givrée ? Enchaîna Jules.

- Moi. Intervint Armelle. J'ai appris chez quel pédopsy elle va en consultation le mercredi en début d'aprem, j'en fais mon affaire. Je monterai la garde devant chez lui, et donnerai le top départ. Faudra quand même speeder un peu, des fois qu'elle en ressorte rapido.

- D'après ce que tu m'as dit, il lui faut quand même un quart d'heure à pinces pour y aller, ce qui nous fait une demi-heure l'aller-retour puisqu'aucun adulte ne sera dispo pour la véhiculer. On rajoute au moins 20 à 30 minutes si elle a des choses à déballer, 10 si c'est pas le jour, et ça nous fait quand même une bonne grosse demi-heure. Ça devrait passer. Conclut Inès.

- Large ! Confirma Johnny.

- Eeehhh ! Y a quelqu'un sous la fenêtre ! s'écria Denis œil de lynx.

Marie allait y ramasser ! Elle, qui s'était vu opposer, au motif qu'il s'agissait là d'une affaire d'adultes, une fin de non-recevoir lorsqu'elle avait appelé son père pour lui demander de l'accompagner, n'en avait fait qu'à sa tête.

Foulant au pied l'interdit paternel, elle avait enfourché son biclou tout pourrave, et avait pédalé comme une damnée pour ne pas rater une miette de la réunion de crise. Sur place, elle s'était donnée la peine de soigneusement éviter le gravillon, des fois qu'une baie vitrée soit entrouverte, et s'était sagement positionnée accroupie sous la fenêtre de la cuisine, où elle avait tout capté. Elle était tellement invisible que le livreur de pizzas ne l'avait même pas calculée, tout à l'heure. Mais là, parce qu'elle commençait à avoir les jambes engourdies par la posture inconfortable, il avait fallu qu'elle se déplie très légèrement, laissant visiblement, c'était le cas de le dire, dépasser un bout d'elle.

Quand elle entendit la porte s'ouvrir sèchement, elle tenta bien de se faire la malle en loucedé, mais les fourmis d'ankylose jugulèrent toute *escampoudre*.

- Marie, c'est toi ? Tu nous a fait peur. On devient paranos complet ! Reste pas là cachée, entre.

Regard sur ses ballerines, Marie fit son entrée en scène, toute penaude.
- Pardon P'pa.
- On parlera de ça à la maison, entre nous. Le linge sale...
- Léo. Je comprends que tu ne sautes pas de joie qu'elle t'ait désobéi. Cela étant, c'est elle qui est à l'origine de notre opération. Sans l'idée... Inès laissa volontairement planer quelques secondes silence afin que son interlocuteur infuse ses paroles. Elle adressa un clin d'œil à la petite et lui fit signe de la rejoindre. Marie ne se fit pas prier, et bien

qu'elle ait eu un doute sur son hypothétique réaction, elle cloqua un baiser sur la joue de son père en passant devant lui pour rejoindre l'officier de police féminin. Léo lui rendit un caresse sur la hanche.
Et Marie se lova entre les bras de la policière.

  - On était sur le point de conclure. Donc, on dit tout le monde en place à 13H30, mercredi... Résuma Jules. On refait un point téléphonique mardi soir 19:30.

*

  Quelques heures plus tôt, Léo et Armelle s'étaient rejoints en sortant du boulot. Profitant de la douceur de la fin d'après-midi pour aller prendre un verre en terrasse.
  - Un petit moment pour nous, pour une fois. Je l'ai eue au fil, lui ai dit qu'elle pouvait se faire à manger, ou se faire livrer un truc. Et comme, de plus, elle avait des devoirs... Avait-il spécifié quand Mel lui avait demandé : Quid de Marie ?

  Inès avait proposé de les ramener. Collant le vélo dans le coffre.
  Marie s'était « jetée » devant, pour être à côté de sa nouvelle copine. Lançant au couple :
  - Vous, les amoureux, vous allez roucouler derrière.

  Inès lui avait souri.

24

Mardi 21 novembre 2010.

Tout le monde était en place.
- J'adore qu'un plan se déroule sans accroc, asséna l'instigatrice dudit.

Inès avait fait fort. Non seulement, elle avait réussi à « distraire » le sieur Mathieu de la BAC, mais en plus, elle était parvenue à brancher Benoît sur ce dispositif de surveillance de suspicion de prostitution domiciliaire. Une pierre deux coups.
Les délations réitérées de voisins excédés par les va-et-vient d'hypothétiques clients fortunés avaient fini par revenir aux oreilles d'une péripatéticienne, qui souffrait de la concurrence déloyale. Et qui, depuis maintenant quelques

longs mois, était un des meilleurs tontons d'Inès. Le tapin l'avait appelée et lui avait, pour plus de discrétion lors d'une balade automobile, raconté tout ce qu'elle savait.

Riche des conseils ad hoc, Armelle avait pris en filoche l'adolescente jusqu'à chez son pédopsy. Dès qu'elle était certaine de la destination de la marcheuse, elle avait donné le feu vert aux acrobates.

Parce qu'entre les deux absences, il y avait eu le départ de Sylvie, qui avait accepté le déjeuner proposé par Léo. Ces deux s'étaient retrouvés esplanade Alexandre Varenne, comme par coïncidence. Léo y adorait le petit traiteur libanais voisin. Uhmit, seul et unique employé (il n'y avait qu'une capacité de 10 couverts), réchauffait (si besoin) et servait ce qu'il avait préparé le matin. Ils prirent un verre sur la micro-terrasse avant d'aller rejoindre les saveurs moyen-orientales du Levant.

Sylvie était belle. Le plasticien avait fait un boulot remarquable. Le chirurgien de maxillo-faciale était, lui aussi, une pointure. Bien qu'étant resté volontairement éloigné des différentes étapes de la reconstruction, Léo avait œuvré en sous-main pour qu'elle soit entre de bonnes, et bien insisté pour qu'elle n'en sache rien. Et il s'était tenu au courant, discrètement. Ses suggestions avaient dû être fidèlement concrétisées puisqu'au moment de lui faire admirer ses nouveaux atours, son interlocutrice ajouta :

- J'ai eu de la chance de tomber sur des médecins adroits.

- Pour sûr ! De sacrés praticiens, si j'en juge par le

résultat.

- Ah oui, tu trouves ?

- Et comment ! Mes connaissances n'auraient pas fait mieux... Ajouta-t-il d'un ton teinté de secrète dérision.

*

Les trois résidents du logement à visiter occupés, Jimmy et Johnny investirent les lieux. Sans y bouger quoi que ce soit, y perturber quelque agencement, ils trouvèrent rapidement leur Graal. Un beau cheveu brun que Johnny inséra dans un sac plastique. Jimmy proposa d'en prendre un second, avant de s'entendre répondre que pourquoi faire. Sylvie était châtain clair. Dès lors qu'un capillaire marron et long était récupéré...

Leur larcin accompli, les élastic' brothers sollicitèrent des instructions. Ils convinrent d'un point de rendez-vous avec Inès, qui s'absenta du dispositif quelques instants. Elle avait prévu deux écouvillons vides et stériles pour y stocker, sans risque de détériorations, les preuves censées être recoupées. A l'arrivée de la moto que montaient les jumeaux, elle ouvrit la fenêtre de la bagnole.

Jimmy, le passager, se posta à flanc de porte passager. Inès tendit l'éprouvette dont elle ôta le bouchon. L'aîné des frangins serra le cheveu du bout de sa pince à épiler, l'extirpa du sachet plastique et positionna une des extrémités au dessus du tube. Il s'apprêtait à laisser choir le caïeu allongé quand il ressentit une inopportune irritation sinusoïdale. L'éternuement fut violent.

Quand Jimmy fut remis de la secousse, il écarta les mords de la pince. Inutilement. Le filament anatomique qu'il tenait avait chu sur le tissu du siège passager.

C'était pas si grave, il suffisait de le ramasser. Problème : Y en avait deux sur le velours de l'assise. Même longueur, couleur proche, ou presque. Comment être sûr ?

Inès approcha la seconde mini-éprouvette, cueillit les deux fragments capillaires, qu'elle inséra chacun dans leur tube, bien au chaud. Elle les confierait à Joe à son retour au service.

25

D'énormes gouttes de sueur ruisselaient de son abdomen. Deux heures que Denis s'échinait à sculpter son corps. C'était pas le genre de clampin à aller donner le moindre centime à un club de sport, pour entretenir un physique qu'il avait solide depuis tout jeune.

Issu d'une famille polonaise modeste, né le 3 novembre 1966 à Gdansk, où son père avait évité, contrairement à la grande majorité de ses conscrits, de se faire embaucher comme docker, Denis (de son véritable prénom Djwenisz) avait, comme ses six frères et sœurs, été élevé à la dure. Une scolarité, rapidement interrompue par manque d'intérêt et -de facto- indigence de résultats, avait fait entrer prématurément l'aîné de la fratrie dans la vie active.

Comme il commençait à traîner un peu trop ses guêtres dans les bistrots de la zone portuaire, et en attendant mieux, Anton, son père l'avait fait embaucher par son patron Zbigniew Drobniev. Il avait dû forcer un peu pour le convaincre « que le petit ferait l'affaire ». Mais, comme son adolescent de fiston était un authentique dur au mal, il n'avait, heureusement, pas eu à se renier. « Le gaillard », comme l'appelait son paternel, n'avait pas tarder à se faire une place dans cette petite société paternaliste de transport de boissons. Poussant même, par voie de conséquence, son géniteur, en proie à des soucis de sciatique de plus en plus *récurrieux*, vers une porte de sortie qui béait de plus en plus grand devant lui.

- C'est la relève naturelle. Avant que ce satané dos me cloue au lit ou dans un fauteuil, c'est aussi bien que ce soit lui qui prenne la place, avait sagement conclu Papa Schieger.

Denis avait œuvré une demi-douzaine d'années dans l'entreprise avant d'être repéré par un patron de restaurant moins scrupuleux à qui il livrait liquides et spiritueux.

- Dis, petit. Combien tu te fais chez le père Drobniev ?
- J'crois pas qu'ça vous regarde, m'sieur !
- Te formalise pas Musclor, je voulais simplement te proposer de gagner un peu plus en travaillant pour moi. Mais, si t'es engagé chez l'vieux Andrezj, j'insiste pas.
- Engagé oui et non. Le patron me paie 2000 billets. Et c'est moi, le mieux rémunéré de la boite !

- Je t'en propose cinq ! Et ça sera un peu moins dur physiquement. Mais en retour, je te demanderai de te garder dans la même forme athlétique qu'aujourd'hui. Et si je suis content de toi, t'auras des primes de temps en temps. Ça te va ?

- Faut que je réfléchisse, M'sieur ?

- Appelle-moi Karol. Tu sais où me trouver quand t'auras pris ta décision.

Avant de rentrer dans son studio, Denis avait fait un crochet par la maison familiale ce soir-là. Au dîner familial, il avait fait part de sa rencontre à ses parents et ses trois sœurs, vivant encore ici. Et comme il s'y attendait, les avis divergeaient sur le sujet.

Son père voyait là une occasion de fuir un labeur qu'il hautement traumatique. Et ce n'était l'arthrose de plus en plus térébrante, qui l'assaillait chaque semaine un peu plus, qui lui soufflait le contraire. Il jugeait la proposition plus que décente. Le restaurant de la gare avait, de surcroît, une excellente réputation. Sa dernière frangine, très proche de son père, à qui elle pratiquait régulièrement des soins pour le soulager, abonda dans ce sens.

Plus conservatrices, ses deux sœurs aînées et Walentyn, la mère, l'exhortèrent à ne pas succomber aux sirènes de l'argent. Son emploi était stable. Pourquoi en chercher un autre, certes mieux rétribué, mais dont on ne pouvait prédire la pérennité.

Le lendemain, fort d'une nuit conseillère, mais aussi et surtout pour suivre l'avis déterminant de son père, Denis signa chez Karol.

Rapidement, il comprit que ses missions n'auraient que peu de relation avec la bistronomie. Officiellement patron de la brasserie, son patron était, en réalité, un des gros bonnets de la ville. Et de la région. Denis avait rapidement été promu homme de confiance. Et de main, quand l'occasion venait à se présenter.

Quand il avait du temps devant lui, il rendait visite à ses copains d'adolescence, mécanos ferroviaires. Improvisant, le temps de son passage, avec les pièces de fonte du site, un entraînement physique qui laissait pantois son public. Seul un des employés du rail polonais se joignait à lui. Parvenant, par moments, à réaliser des exercices sur lesquels Denis, malgré une authentique pugnacité, finissait par caler.

Denis avait évidemment parlé de Janusz à son boss, qui, sur fond d'affaires florissantes, avait n'avait pas hésité à le recruter. Le binôme fut d'une rare efficacité, et sa réputation ne tarda pas à se répandre. Jusqu'à ce que son frère d'armes, le soir d'anniversaire de sa date d'embauche, ne succombe à une méningite foudroyante. A compter de ce jour, en mémoire de ce dernier, Denis se fit la promesse de demeurer aussi robuste et athlétique que l'était son ami.

Pendu par les pieds, le musculeux quadra remontait son buste à la verticale, jusqu'à ce que ce dernier ne vienne effleurer ses genoux. Il prenait un soin particulier à bien dérouler ses muscles lombaires, puis dorsaux afin de leur garder force et souplesse. Son père avait tellement souffert du dos les derniers mois de sa vie...

Il finissait sa dernière série de dix répétitions.

Quittons cette séance de physique. Il se passe des choses, et pas des moindres, rue de la Pierre carrée, où se déroule la planque...

26

- Nom de Zeus ! s'exclama Mathieu. Tu as vu ça Benoît ?

- Vu quoi ? Benoît s'était fait surprendre par le sournois coup de pompe postprandial. C'était pourtant pas la première fois, et la conséquence d'une manque de sommeil récurrent. Dès qu'il restait sédentaire et quelque peu inerte après avoir déjeuné, il lui était bien malaisé de résister aux *sirestes*. Raconte man...

- Le taulier himself, accompagnée d'une poupée comak ! C'est pas la Silicon Valley, maman, mais plutôt Silicon girl. Ajouta-t-elle en mimant une poitrine gigantesque.

- Tu déconnes ?

- J'ai l'air ?

- Tiens, mate un peu l'engin. Dit Mathieu en tendant

le reflex numérique (sur lequel il avait fixé l'image de l'aguicheuse) à son voisin de chouffe.

- Oh putain, mais t'as raison l'ami ! C'est bien « l'enclume ». Avec un avion de chasse de chez avion de chasse...

- C'est ça.

- Chier d'avoir loupé le flag ! C'est du lourd le tuyau de la petite sauvage !

- Te bile pas Ben, y a peut-être encore du croustillant à se mettre sous la paupière si on décide d'aller voir ce qui se passe dans le gourbi.

- Tu m'étonnes ! Là, c'est clair qu'on va pas rester là à se les rouler. Je tube la mère Inès qu'elle radine ici. Ça serait con qu'elle loupe ça.

- C'est vrai ça. Au fait, elle est où ta frangine ?

- Elle finissait de becqueter chez ses vieux (menteur !)

Benoît tomba sur la messagerie.

- Putaaaaaiiiiin bébé ! Rappelle dès que t'auras le message. Ben n'en avait pas fini qu'un double appel le sollicitait. C'était Inès.

- J'étais en train de t'appeler... Devine ?

- Quoi ? Ça donne ?

- Si ça donne ? Le rouquemoute vient d'entrer dans l'immeuble au bras d'une bombasse refaite de partout. T'es loin ?

- Le taulier ? Juuure... Tain, c'est booonnn çaaa ! Je suis pas loin. Je fais vite.

- Magne. Ça m'étonnerait que ça prenne des plombes. Avec une pouliche pareille, l'autre toquard, il va cracher la purée comme un communiant avec sa première pute. Si j'étais joueur, je mettrai un billet de 100 sur une éjac' précoce. Allez, radine vite. Un flag comme ça, on en fera pas tous les jours. Et sois prudente.

- Je serai là que ton oreille aura pas fini de refroidir mon Ben.

- Dis dont l'ami. La petite bagarreuse et toi, c'est une affaire qui tourne. Petit cachottier. Plaisanta Mathieu.

- Ouais. J'étais pas trop chaud pour fricoter dans la basse-cour, mais finalement... Je la kiffe cette petite. Vraiment sympa. Et pas chieuse pour un sou.

- Si tu le dis. Parce qu'au taf, elle manque pas de caractère, la gamine.

- Certes. Mais, quand on se voit, parce qu'on crèche pas ensemble, c'est un amour de nana.

- Ben tant mieux, Ben. Content pour vous.

- Et toi, ça va la vie avec ta daronne... Et la petite ?

Le flic de la Bac s'apprêtait à répondre quand la frimousse d'Inès apparut à la fenêtre passager.

- Alors les commères, on refait le monde entre mecs ? Salut Mathieu.

- Salut miss. On les pète ?

- Carrément. Les collègues du GRB* sont à mes

** Groupe de Répression du Bandistisme : La mission de cette unité consiste à lutter contre la criminalité et la délinquance de voie publique organisées : le vols à main armée et autres vols aggravés : braquages commerces sensibles (banques, bijouteries, fourgons blindés), les gros cambriolages et autres vols aggravés, avec ou sans prise d'otages, ainsi que les vols d'objets d'art...*

fesses avec le bélier. Pas de fioritures. J'ai eu la bignole* au fil en venant. L'appart' est au second, porte droite. Une porte en chêne massif. Faudra pas lésiner au moment de la fraquer.

- Tu veux pas assurer le coup avec un collègue qui entre par le balcon ? Juju est un as de la varappe. Il a toujours un peu de matos dans son sac à dos. Au cas où... Qu'il dit. Il doit pouvoir faire ça sans se rétamer de deux étages, lui.

- Banco ! S'intercala Benoît. On s'les fait en tenaille. Y a plus qu'à espérer qu'ils tardent pas les potes.

Arrivée du 806 pourri du Groupe de Répression du Banditisme. Stationnement derrière la Focus grise. Chef d'unité à la rencontre du trio pour instructions.

Second véhicule BAC en renfort. (renfort de curiosité ouais!)

Conciliabule. Chacun sa mission. Chacun sa place. Au top-départ de Benoît...

* *Bignole : concierge.*

Denis décida de finir par des dibs.
- OK, ça va. Je vous lâche avec la séance de muscu du polak !...

Mercredi 1er décembre 2010.

Jules avait un problème.

Bien qu'officiellement en couple, Anne était en train de s'enticher de lui. Sévère.

En fait, c'était plutôt deux, des problèmes, qu'il en avait.

Un, le sentiment n'était pas réciproque. Deux, Jules n'était prêt à partager son appartement avec une femme. S'il l'appréciait bien, il n'était pas énamouré de sa dernière partenaire. Ce qui ne faisait que renforcer son sentiment sur le sujet cohabitation. S'il avait été on ne peut plus clair sur ce dernier point de célibat domiciliaire, et comme il n'était visiblement pas en mesure de les réfreiner, il lui fallait stopper d'urgence les irrépressibles pulsions sentimentales de sa « Julie ». Il en allait de son honnêteté affective, et de sa probité morale.

Les mauvaises nouvelles s'ornent souvent d'enluminures.

Jules appela Anne pour l'inviter chez Lucas, le petit bistrot jouxtant le square Maurice Thorez. Il avait bigophoné son pote qui lui avait soufflé le plat du jour. Queue de bœuf en cocotte. A mille lieues de se douter de ce qu'elle allait entendre, Anne était arrivée souriante et sexy comme jamais. De sa collection, la robe croisée kaki était celle qui exacerbait, s'il en était besoin, encore un peu plus son imposante poitrine. Avec elle, on passait d'opulence à pléthore. Une paire de nus-pieds noirs et dorés, un ensemble bracelet-collier, dans les mêmes tons, complétait l'ensemble.

- Quelle divine surprise ce petit déj inopiné !
Jules décida de trancher dans le vif :
- Anne, ça peut plus durer.
Persuadée qu'il s'agissait d'une énième boutade dont était coutumier son néo-chevalier, l'employée de banque insista en continuant d'arborer son franc sourire.
- Une bien belle initiative.
- Anne, fais pas la sourde oreille. T'as entendu ce que je t'ai dit ?
L'expression de gaieté figea quelques traits de son visage.
- Mais pourquoi tu dis ça ?
- Parce que. Primo, je te rappelle que t'es mariée...

Elle ne lui laissa pas enchaîner.

- Jusque là, ça n'avait pas franchement l'air de te déranger.

- Détrompe-toi ! Justement, je suis pas trop client de ce genre de situation vaudevillesque.

L'agacement et la frustration commençant à monter.

- Vaudevillesque ! Non, mais tu charries, là. Mon mari serait venu te trouver ?

- Du tout. C'est pas ce que je voulais dire. Tu m'as parfaitement compris.

- T'aurais pu m'en parler ? On se voit quand même assez souvent depuis ces dernières semaines.

- Tiens, voilà le deuxième point. T'es collante Anne. Et en plus, tu commences à t'attacher. Quant aux sentiments que tu me témoignes, moi, je suis pas sûr d'avoir les réciproques.

- Pas sûr ? Enfin, Jules, les sentiments, on en a ou pas !

- T'as raison. Quand je dis pas sûr, c'est pour éviter de concéder que je suis pas amoureux, moi.

- Et qu'est-ce qui te fait croire que je le suis, moi ?

- Des choses. Des attitudes. Dans ton comportement. Ta relation à moi. Je te le reproche pas. Ça serait même plutôt flatteur. Mais, comme je suis pas dans le même élan que toi, je sais que tu ne vas pas tarder à en souffrir.

- Ce qui veut dire... ?

- Ce qui veut dire qu'il est plus raisonnable qu'on arrête. Un, tu arrêtes de faire cocu ton mari...

Très irritée cette fois-ci :

- Laisse mon mari où il est ! Il ne te demande rien.

- Et deux, si tu me permets de finir...
- Je crois que j'ai plus faim. Le coupa-t-elle.

Entre temps, le garçon de salle avait déposé devant chacun des membres du couple une coupe de Champagne que Jules avait commandée en arrivant dans l'établissement. Anne saisit sa flûte qu'elle siffla cul-sec. Elle s'essuya la bouche d'une revers de main. Repositionna la lanière de son sac à main sur son épaule gauche. Se releva sèchement de la chaise qu'elle avait brusquement reculée, plaqua ses mains sous la table, et la projeta violemment sur Jules, qui n'avait strictement rien vu venir. La violence de l'impact fit basculer l'homme en arrière. Le duo percuta le sol bruyamment.

- A jamais, connard !
Entendit-on. Quand le silence, succéda à la stupéfaction et aux chuchotements...

Les talons d'Anne émirent un claquement suraigu sur le carrelage de la grande salle. Le client qui s'apprêtait à entrer tint la porte à celle qui, pour éviter le regard des autres, venait de se cacher derrière d'imposantes lunettes de soleil.

Pendant ce temps, le garçon de café qui était venu à l'aide de son client, comprit que c'était grave. En tombant à la renverse, Jules s'était, non seulement, cogné l'arrière du crâne sur le sol, mais avait également « amorti » l'arrête en zinc de la table de marbre.

Aucune plaie n'était à déplorer. Il aurait mieux valu. En plus de l'œuf de pigeon, que dis-je de poule (limite d'autruche) à l'arcade, Jules présentait une protubérance inquiétante derrière l'oreille gauche. Quand le jeune homme en noir lui demanda si tout allait bien, les pupilles de Jules, sous la paupière supérieure, partirent se perdre. Et lui connaissance.

*

E. Thokritt. Infirmière. C'est en lisant ces premiers mots que Jules revint dans notre monde.

- Putain, cette migraine !

- Bonsoir monsieur Atom. Est-ce qu'en plus de parler, vous m'entendez ?

- Très bien. On est où ?

- A l'hôtel-Dieu.

- Qu'est-ce qui m'est arrivé ?

- D'après les informations dont je dispose, votre amie n'était pas très contente après vous.

- J'ai pas d'amie. Je suis célibataire.

- Bien. Disons, la femme avec laquelle vous vous trouviez avant qu'on vous transporte ici.

- J'étais à mon cabinet. Avec mon associé. Et c'est un homme.

- Ecoutez, le SAMU vous a pris en charge dans un petit bar-restaurant à quelques pâtés de maison d'ici. Il vous suffira d'y retourner pour en savoir un peu plus. En

188

attendant, il faut qu'on vous opère dare-dare, car votre hématome sous-dural, visible au scan, ne nous plaît pas du tout. Le médecin de garde va passer vous en dire un peu plus d'ici quelques minutes. Vous bougez pas ? Ça serait pas raisonnable.

- Aucun risque, je sais pas où j'irai avec un mal de casque pareil. Vous avez rien à me filer pour que ça se calme ?

- Si bien sûr ! Mais pas avant d'opérer. Promis, on va faire vite. Et après, on vous shootera comme un junkie.

- Vous avez promis.

- Et je ne mens jamais.

- Jamais ? Vous êtes bien une femme ?

- Et misogyne, de surcroît. Vous récupérez vite, dites-moi !

- Vous branchez pas, je plaisante. C'est quand même pas si fréquent quelqu'un qui ne travestit jamais la vérité. Ça doit pas être drôle de faire partie de vos relations.

- Tout dépend. Certains s'en accommodent fort bien, d'autres moins. Je ne sais pas mentir. Alors, pourquoi faire quelque chose quand on sait pertinemment qu'on le fait mal ? Ça rime à rien. Autant éviter.

- Très juste. Bon, bipez-moi ce toubib. J'ai un concert de hard-rock dans ma calbombe.

- Votre ? J'ai bien compris que vous parlez de votre crâne, mais je vous serai gré de me répéter le terme.

- Calbombe ! Ciboulot. Cafetière. Citron. Caberlot. Caillou. Tirelire. Et j'en oublie probablement. Vous parlez pas l'argot, chérie ? Voyez, je délire à présent. A vous appeler chérie...

- J'ai rien entendu. Enfin, on s'est compris. Le toubib, je vous le ramène par le bras.

Emma sortit du box. Le Docteur Paldire plissa la rideau de tissu trois minutes plus tard.
- Monsieur Atom, vous voici de retour parmi nous, vient de me dire Emma.
- Si on veut, parce qu'avec...
- Les maux de tête carabinés que vous avez, je sais. Normal, vu l'hématome que vous présentez, la pression intracrânienne est bien supérieure à ce qu'elle devrait. Et donc...
- Aux faits, Docteur, aux faits, je vous prie.
- Votre accord pour qu'on pratique un petit passage afin de ponctionner cette poche de sang. Une fois ce volume extrait, vous irez déjà bien mieux, et surtout, après, on pourra vous sédater sans risque. Donc ?
- Filez-moi ce papelard, que je signe.

Le médecin approcha une planche aluminium, sur laquelle était fixée le fameux formulaire. Il tendit le stylo à Jules, qui approcha le trio pouce-index-majeur. Il pinça le cylindre de plastique. Insuffisamment bien. Insuffisamment fort. Le bic chut sur le drap.

- Satané hématome. Souffla Jules en le récupérant.

Le praticien s'abstint de tout commentaire. Toutefois, il ne trouva pas très logique que l'objet lui échappe. Le cortex moteur qui commandait les muscles n'était, en théorie, pas directement « contrarié » par l'hématome. Il sortit dans le couloir et ordonna qu'on prépare le bloc. Mais, profitant de l'intervention, il voulait vérifier qu'il n'y avait rien d'autre que cette masse sanguine. L'IRM n'avait rien révélé de pathogène. Néanmoins, il préférait fermer toutes les portes. Si l'imagerie du TEP Scan restait muette, il n'en serait quitte que pour une vérification inutile.

Il aurait préféré se tromper.

29

Vendredi 24 décembre 2010.

La serviette éponge en écharpe, le torse dégoulinant de sueur, sa séance d'entretien musculaire achevée, Denis se dirigea vers la douche. Il empoigna le cube de savon de Marseille, et entra dans la cabine de verre. Se glissa sous le jet tiède de la douche et se frotta énergiquement la couenne. Une fois récuré, à l'instar d'Inès dont il ignorait ce mimétisme de toilette, il baissa progressivement le thermostat jusqu'à recevoir de l'eau totalement froide en pluie. Resta une bonne demi-douzaine de minutes dessous, à faire quelques mouvements souples et lents. Puis sortit.

Nu, il revint à la cuisine. Autour de ses pieds, encore assez humides, s'étaient formées, sur le ciment peint, quelques courbes aqueuses aux irrégulières arabesques. Denis attrapa une poêle et y cassa trois œufs. Il ouvrit le réfrigérateur d'où il sortit un reste de saucisse de veau aux herbes, qu'il trancha en lamelles assez épaisses. Il les fit glisser dans les rares espaces grésillant que les blancs d'œufs avaient laissé inoccupés.

Pendant que le brunch chantait sur le feu, il coupa deux tranches de pain nordique qu'il mit à toaster.

Le téléviseur débitait les informations lorsqu'il mordit avidement dans son sandwich. Les jaunes d'œuf débordèrent, par les flancs du casse-croûte, coulant dans la coupelle positionnée à l'aplomb de son menton. Une fois son petit déj avalé, Denis lécha l'assiette comme il avait pris la mauvaise habitude de le faire depuis tout petit ; et ce, en dépit des invectives itératives de sa mère. Il passa le peu de vaisselle occasionnée sous le *liquisqueux* éponyme, rinça d'un filet chaud, et la positionna pour sécher.

Enfin, il sortit de l'immeuble à pied, direction le parking.

En passant devant la guérite vitrée, il fit un signe de la main au gardien oiseux. Le préposé aux bornes de paiement, et quelquefois à la barrière, était absorbé par ce que l'écran de son portable lui proposait comme animation. Ce faisant, il ne calcula aucunement le binôme, sapé « Smalto », qui pénétra au sous-sol quelques instants après Denis. Pas plus qu'il ne vit s'éloigner le métis aux dreadlocks qui avait accompagné jusqu'aux escaliers le duo glacial qui aurait enténébré la plus badine des ribotes.

Denis n'était plus qu'à quelques pas de l'Audi. En obliquant dans la dernière allée, il jeta, sans réellement savoir pourquoi, un regard furtif dans le miroir fixé au pilier de béton, et y vit quelque chose qui ne lui plut guère. Deux communiants pour moi ? Z'ont intérêt à être gaillards ces ritals de merde ! pensa-t-il. La proie se fustigea de ne pas garder sa pétoire avec lui. De systématiquement la laisser dans la boîte à gants. Aujourd'hui, elle aurait eu le mérite d'égaliser les forces en présence.

Sans faire montre du fait qu'il se sentait suivi, l'enfant de Wrocklaw alentit son pas afin de se préparer à l'attaque. Il n'y avait guère de choix. Monter dans sa caisse et déguerpir fissa comportait le risque de se prendre une praline. Il fallait aller au contact. Et comme les siamois endimanchés n'avait pas eu la bonne idée de se séparer, l'assaut serait moins périlleux.

Denis ne vit pas de meilleure issue que de feindre de se soumettre. Il leva les bras en l'air, tout en prenant soin de ne pas leur faire face. S'il restait des bribes de codes d'honneur à ces hommes de main, ils ne tireraient pas sur un homme de dos.

Le moins grand des transalpins prit la parole :

- T'amouse à jouer au mariole avec nous, youpin, sinon Marco t'fait sauter l'caisson.

- Y a pas d'risque. J'suis pas tombé d'la dernière les mecs. En plus, j'suis pas armé. Je retire mon blouson que vous puissiez vérifier.

- Hooo hooo ! Mollo polaco. Piano, piano...

Les frères sourire étaient à portée de mandales à

présent. Y avait plus qu'à compter les dents.

Le cuir de Denis, ne tenant plus que par une manche, fit office de fronde. Entre le porte-feuilles, la fiole de vodka, le trousseau de clés, la pomme (merde, la pomme ! Tant pis...) et la paire lunettes de soleil dans son étui coqué, le vêtement était suffisamment lourd pour faire mal à l'accranissage.

En toute logique, le strip-teaseur par obligation élut en priorité celui des deux qui avait déjà la main sur la crosse de son feu.

Denis n'avait jamais joué au tennis. N'empêche, le revers lifté qu'imprima son vêtement eut pile l'effet escompté. Le récepteur (qui n'était pas en première base) essuya la première offense. Volée de blouson pleine tasse ! La déstabilisation qui en résulta empêcha Francesco d'empoigner léthalement son arme. Le souffle du fouetté ne n'était pas complètement retombé que le petit transalpin accueillait, non sans une certaine rudesse, un passing-shot de phalanges droites by Denis. Ça craqua pis que dans une forêt infestée de bûcherons canadiens *harmchés*, dopés aux amphèts'.

Le récipiendaire chancela juste le temps qu'il fallait pour que Denis, la main enfin libérée de sa peau tannée, ne chope le colt 45 du florentin. D'une passe courte, il transféra l'arme dans sa main directrice, en même temps qu'il armait un chassé frontal. Le talon de sa bottine toucha Gianluca au menton alors que celui-ci dégainait le revolver chromé de son holster. C'est quoi cette pétoire de tarlouze ? Putain, ces ritals, z'ont pas peur du ridicule, pensa Denis alors qu'il était déjà en train de « passer la deuxième couche » à son premier copain.

Après le portail, c'est le robinet qui fit les frais l'impact denisien. Du canon de l'automatique, il fit littéralement exploser l'arrête nasale de son belligérant. Un profond râle accompagna le downcut. C'en était, sinon fini, au moins compromis des velléités pugilistiques de little italian.

Entre temps, le grand serin, n'avait pas abdiqué.

Si le coup de saton au maxillaire inférieur l'avait correctement ébranlé, il ne l'avait pas pour autant éteint. Son arme de poing mal chaussée avait chu au sol à ses pieds. Pour autant, il n'avait pas jugé utile de la ramasser, préférant s'adjoindre les services d'un bon vieux cran d'arrêt des familles, dont la lueur de la lame venait de fulgurer dans un bruit métallique. Ça restait du sérieux.

Denis ne voulait pas le buter, c'eut été un peu sauvage. Il laissa l'araignée avancer, attendit le tout dernier moment et l'attaque en piqué, pour s'effacer en glissant au sol et le balayer d'un ciseau aux compas. Le surineur s'affaissa dans une souplesse inhumainement surprenante. Pas le temps de se pâmer devant la chorégraphie, Denis attendit que leurs deux glissades respectives se rejoignent et, au moment opportun, asséna une action qui aurait fait rugir les commentateurs de catch américain, un tombé du coude d'une puissance insensée.

Le grand perdit le son et l'image. Alors que le petit les récupérait doucettement. Denis se releva comme un félin, récupéra le second feu, et le surin inusité, combla le pas qui le séparait de son pote François, et lui décocha un coup de pompe entre la joue et la tempe. Second knock-down.

*

Enfin un moment pour souffler.

Le polonais ramassa son blouson et l'époussetant un peu, constata avec plaisir que sa Royal Gala n'avait ni explosé, ni coulé dans la poche. Il glissa la main dans une des poches intérieures et en sortit un serre flex, avec lequel il rendit siamois les cousins toscans. Puis, il les traîna jusqu'à la baie vitrée du poste de contrôle, où l'autre guenille de surveillant (en tous cas, c'est officiellement pour cela qu'on le rémunérait) n'avait toujours pas levé le blair de son écran.

Denis avait les abeilles. Cette petite séance de réveil articulaire avait fini de dérouiller. Il frappa le panneau de verre avec la base de son poing. Le préposé esquissa enfin un geste. Comme il était sur sa planète pixel depuis quelques longs instants, il lui fut malaisé de comprendre précisément ce qui se passait. Pour l'y aider un peu, comme un pêcheur son poisson, Denis brandit sa double prise de guerre à lui, et intima au jeune homme de déverrouiller sa porte car il avait impérieusement besoin d'entrer.

D'abord hésitant, l'employé obtempéra, quand Denis fit un signe on ne peut plus clair : l'index glissant latéralement d'un bord à l'autre du cou.

Une fois au contact direct, Denis interrogea :

197

- Dis, l'enclume, d'où ils sortaient les guignols ?
- Qu'est-ce que j'en sais moi !

En même temps que l'intonation de la voix, une lourde gifle tomba.

- J'te conseille de vite retendre tes esprits. Ton taf, c'est bien de surveiller le parkinje, non ? Alors, je repose ma kwejtieune : C'est qui ces gonzes ?

- Sais pas M'sieur. Je les ai pas vus entrer.

- Toi, tu vois pas entrer deux pingouins en communiants qui passent devant toi, alors que moi, je les renifle dans mon dos ? Tu trouves rien de curieux là-dedans ?

- J'étais occupé à autre chose.

- Comme tu dis... cautionna Denis en pinçant le faîte de l'écran de portable, qu'il fit immédiatement pivoter : Je comprends, tu pouvais pas en perdre une miette, du spectacle. Recule-toi de ton comptoir petit.

Le jeune homme boutonneux osa émettre un signe négatif de la tête. Mais bien vite, il se ravisa simultanément en captant le regard menaçant de son interlocuteur, et consentit à s'exécuter en faisant glisser la chaise à roulette sur laquelle était posé son séant. Et, érubescent de honte, laissa apparaître, de sa braguette entrebâillée, un organe génital, dont la turgescence appartenait à un passé récent, mais dont la flaccidité présente amusa le polonais.

- Désolé d'avoir gâché ta trique, fiston. A moins que t'en aies jamais eue... Et que c'est pour ça que tu chouffes des boulards.

Le garçon rangea sa verge à l'endroit où elle aurait du se trouver, et leva les épaules de frustration. Il rabattit l'écran du portable.

- Eh, qui te dit que je voulais pas en reluquer un peu moi aussi ?

Le jeune mit de nouveau la main sur son PC.

- Je déconne, mec. Laisse-moi ça fermé, les films de fion, c'est pas mon rayon. Je les fais moi-même les scènes de porn. Avec quelques pouliches qu'on un peu le feu au targif ! Te fatigue pas avec ta baise par procréation...
Adrien ne savait pas trop quoi penser des embardées verbales de Denis. Il ne savait pas dire s'il faisait exprès ou non. Quoiqu'il en fut, il n'allait certainement pas s'amuser à lui faire une quelconque réflexion. Et s'abstint sagement de tout commentaire. Mais crut bon d'ajouter.
- On peut sûrement les voir à la vidéo vos deux prisonniers ? Vous voulez que je cherche.
- Ca y est enfiiiiin ! Le sang est remonté de ton calbutte jusqu'à ta cervelle. Biiiiieeeeen. J'allais justement te le proposer. Ça sera moins fun comme film, mais tout aussi instructif.

Pendant que l'apprenti-réalisateur recalait le segment numérique, Gianluca reprit lentement ses esprits. Le poing de Denis se serra instinctivement. Au moment d'armer son bras pour libérer le coup, Denis s'exclama publiquement :
- Faut que je calme les chevals sinon y pourront pas

me parler les frères Ravanelli.

Il se détendit de nouveau, et se concentra sur la vidéo, dont les images, à défaut d'être éloquentes, étaient loquaces pour Denis. On y voyait les deux dandys quitter un troisième homme, qui n'avait descendu que quelques marches de l'escalier d'accès piéton, et dont on ne pouvait -de facto-discerner le faciès.

- Chiotte ! On peut pas voir sa truffe au troisième baron ?

- Pas de vidéo donnant sur l'extérieur. C'est interdit par la C.N.I.L.

- Cherche pas à m'embrouiller avec tes sigles indiens mec, cause-moi simple.

- La C.N.I.L. est un organe qui régit, entre autres, l'implantation des vidéos dites de surveillance. En clair, on a le droit d'installer dans caméras, mais uniquement dans le champ de notre activité. Donc, dans le parking, on peut. Dès qu'on est dehors, niet.

- Putain de merde ! Tu peux me refaire voir le morceau qu'on a déjà regardé ?

- Sans problème. Voici.

Denis ne vit rien de spécial.

Il se tourna, interrogatif, vers le seul conscient de ses captifs.

- C'est qui le troisième ?

L'italien émit un signe de refus.

- T'es bien sûr l'artiste ? Parce que moi, j'ai tout mon

temps. Et mon petit quinquin aussi, en désignant l'employé du parking. On y passera le temps qu'il faut. Mais tu me cracheras ce que tu sais. Sur la torah ! Et, ça risque de faire largement aussi mal que tout à l'heure. Alors, je te repose la question une seule fois : C'est qui ?

Le grand macaroni s'octroya quelques secondes de réflexion, subitement et violemment interrompues par un méchant coup de grolle à l'estomac. Suffisant à finir de le convaincre.

- Un rasta, qu'a pas voulu dire son nom.

- Mais ouiiiii ! Tu l'as dit boufiltre. Je reconnais les baskets de s'connard, maintenant que tu le dis. Putain, lui, il a pas compris c'est qui qui commandait. L'autre fois, on a été trop gentil avec ceszigues. Sont infernals ces boukakes. Si tu leur mets pas sur la courge vilain, y comprennent peaud'balle. Faudra que j'y recause œil dans œil à c't'imbécile.

- C'est bon M'sieur, vous savez ce que vous voulez ?

- Ouais man.

- Et vos deux... ?

- Je te les laisserai bien, mais t'en ferais quoi de ces deux merdes ? Tiens, aide-moi, je vais les foutre dans l'coffiot. On verra ce que je décide pour eux plus tard. Ça te débarrasse bien, toi ?

- Sûûûr. Ils m'auraient un peu encombré.

- T'aurais fait le projectionniste. Tu leur aurais mis un petit film de baise ?

- Ouais, c'est bon maintenant !

- T'as raison. Les blagues les plus courtes sont

toujours les moins longues. Bon, en tous cas, je les emmène mes deux poissons. Si y font pas la mesure, je les remettrai à l'eau. Aide moi petit.

Une fois chargés dans la malle de l'Audi, Denis quitta son emplacement.

En passant à la hauteur du local de surveillance, il fila un petit coup de klaxon, et montra ses deux yeux avec ses index et majeur. Avant d'ajouter.

- A compter d'aujourd'hui, tu surveilleras l'Audi comme si c'était la tienne. Ton boss saura rien et ça te détendra les jambes de venir voir. Reçu, man ?

Une dernière fois, Denis obtint l'assentiment de son interlocuteur.

30

21 décembre 2010 - 15H35.

- A tous, le top départ sera donné par Juju dès qu'il sera dans la place... Annoncez-vous par équipe.
- Cinq sur cinq, en place pour Bac 1.
- Cinq-cinq, en place pour Bac 2.
- Bien pris pour GRB 1, en place.
- GRB 2 balcon. On va entrer. J'vous donne le top quand on y est.
- Canine 1*, en renfort VL. On reste à l'écoute si vous avez besoin.

** Canine 1 : Comme son nom l'indique, il s'agit de la brigade canine. Un « conducteur de chien », c'est son nom, un binôme, lui aussi apte à commander le chien. Et le ou la wou-wou !*

Inès, Mathieu, Benoît avaient été rejoints par Gérald, Max et Sylvain, collègues d'un second groupe de la Bac. Deux groupes du GRB étaient également mobilisés. Un d'eux avaient pour mission d'enfoncer la lourde au plus vite.

Il y avait aussi Juju et Dédé, Batman et Robin. Leur mission : figer l'action au moyen de photos et vidéos. Accessoirement, ouvrir de l'intérieur, si problème inextricable sur le palier. Julien entrerait le premier.

Et enfin, Rintintin (dont le vrai nom était « Tsarine »), puisque Cyrille, le pote de Mathieu, avait émis l'idée qu'un chien pourrait avoir son utilité. Vu le nombre de personnels, son rôle de persuasion n'était pas nécessaire. On le gardait en réserve en cas de découverte stupéfiante.

Juju se laissa glisser le long de la façade, et s'immobilisa quatre étages plus tard, silencieux. Il fit un signe de la main à Dédé, qui le rejoignit à hauteur, de l'autre côté de la porte-fenêtre. Ce dernier empoigna la poignée de porte. Fermée.

Plan B. On fait péter.

Juju ajusta ses *(c+m)asque*, poussa sur les jambes et s'éloigna de la paroi. Il revint contre la pierre de taille et donna une nouvelle impulsion, plus conséquente que la première. Dédé commuta la go pro, fixée sur son casque, saisit le reflex numérique, et chaussa la crosse de son arme. Au cas où.

Juju se balança dans le vide une troisième fois, prenant soin, dans cet élan inverse, de se désaxer du mur. Au moment où la vitre supérieure éclata, le capitaine Bila-Touard libéra son baudrier de la corde. Son binôme venait juste de donner le top.

La première surprise fut la jolie gaufre qu'il s'offrit. Sans chantilly ni chocolat ! Malgré une trajectoire idéalement calculée, sa réception fut contrariée par le rideau, qui, non content de se pas s'être écarté, se commua en tapis volant. Enfin, volant tellement bas qu'il eut été plus judicieux de dire glissant. Arraché de sa tringle, il se prit dans les pieds du flic de l'air, et ripa longitudinalement, tel des patins de feutre sur un parquet impeccablement ciré. N'ayant pas conjecturé cette éventualité impromptue, alors qu'il avait parfaitement vu le voilage sans l'enficher dans les paramètres de sa cascade, il chuta lourdement au sol. A son contact, son arme de service gicla de son étui, pourtant réputé sécurisé, et glissa en direction du centre de la pièce. Par heureux, il n'y avait personne dans cette partie du logement. Les occupants étaient bien trop concentrés ailleurs !

Dédé, qui avait prit le temps d'ouvrir la porte fenêtre, vint prestement à la rescousse de son chef, qui retrouva la position verticale et son P.A., alors même que la porte d'entrée explosait sous un énième coup de boutoir d'un trio de furieux. La chute *inopénible* du « descendeur en rappel » resterait un secret entre eux.

Médias au poing, Juju, Dédé et consorts investirent le vaste T4. Pensez, l'appartement faisait 160 m2 en tout.

Hormis le salon géant vers lequel avaient afflué toutes les forces vives de la Grande Rousse, l'appartement était composé de quatre chambres à thème, et d'une somptueuse cuisine, attenante au dit salon.

Première des pièces dévolues au repos, la chambre orientale, aux couleurs chamarrées et autres tentures d'étoffes était vide d'occupants. Un large lit à baldaquin trônait fièrement en son épicentre. Un jacuzzi non moins conséquent occupait un angle de la pièce.

La carrée suivante aurait pu s'apparenter à une salle de kinésithérapie. Mais ce n'était pas sa vocation première. Un couple s'y ébattait... entre sangles, ceintures et boucles métalliques.

La troisième alcôve était une pièce tout droit sortie du moyen âge. Déco essentiellement faite de boiseries, tapis et tableaux. Et, montant bienveillamment la garde à l'entrée, une armure, avec heaume, gorgerin, spalière et le reste... Le pucier était une merveille de travail d'ébéniste, paré de courtines plissées. Se donnait-on ici-bas du Monseigneur, Sa Majesté ou autre Altesse ? Entre les quatre quenouilles. Il faudrait demander aux trois languides alités de l'endroit...

La quatrième et dernière salle, appelant à la méditation, était d'inspiration asiatique. Futon, tatami et shogi. La sobriété d'extrême-orient. Un second trio licencieux s'y dégourdissait.

Ne pouvant présager de ce qu'ils allaient découvrir, Inès et Benoît avaient improvisé la répartition des groupes d'intervention. Le petite furieuse entra dans la pièce de bondage où s'ébattait le premier couple. L'équipe de Benoît remonta le temps et fit irruption dans la chambre moyenâgeuse. Quant à la couche du soleil levant, où tout le monde était paradoxalement fort couché !, elle échut à Mathieu et son équipe.

- Monsieur Dustre-Iyelle, en voilà une surprise ? Tympanisa Inès.

L'intéressé demeura mutique. Cela dit (enfin, du coup, non !), le contraire eut été byzantin. L'homme était à quatre pattes, en combinaison de latex noire vernie, et arborait, pour parfaire son accoutrement, un masque dans lequel s'insérait harmonieusement une boule maxillo-faciale, qui proscrivait tout verbiage. Son regard valut réponse. Celui d'Inès scintillait d'une délectable et toute sardonique jubilation.

De si seigneuriaux appartements :
- Vous ici, Altesse ? Se gaussa, tout à trac, un Benoît narquoisement enhardi par la position de faiblesse de son patron. Lui non plus, ne goûtait guère le tempérament sulfureux et caractériel de son boss, mais craignait ses ires aussi fulgurantes qu'inopinées. De profil, son chef paraissait « lardoiré », tel un agneau de méchoui. Sauf que les pigments étaient antipodes : Lui, aussi blanc qu'une louffe (aurait argoté Jules), les deux adonis faisant office d'hâtelet, eux, étaient bistres.

Mathieu, lui, n'eut pas l'heur d'une figure connue. Il se fendit néanmoins d'un « Konnichiwa » parfaitement de circonstances aux demeurants. La seconde femme de l'immense habitation était ici. Elle aussi, grièvement « pénétrée » par ses activités.

Quant à la cuisine aussi valait son pesant d'or, enfin d'or lilial. Sur la table de verre pellucide, trônait une boite de caviar du Kamtchatka. Mais ici, point de billes brunes dorées ou anthracites en son contenant. Le reliquaire était une poudrière. Et autour de cet écrin, une carte de crédit voisine de quelques grains formant un opalin javelot miniature. Une bonne livre de cocaïne en échantillon des vingt pains kilogrammiques qu'abritait la valise voisine

« Tsarine » ne serait pas venue pour rien.

31

Lundi 6 décembre 2010.

- Une petite tumeur... Petite, mais maligne.
- Tu l'appelles ?
- Le secrétariat va le faire, sinon, il va me le demander au fil. Et je veux pas annoncer ce genre de trucs par téléphone.
- J'aurais fait comme toi.

Jules se pointa au rendez-vous une bonne demi-heure en avance, étonnamment cool. Il savait pourquoi il était là. Si cela avait été bénin, on l'aurait appelé. Le faire venir était synonyme de saloperie. Son inébranlable positivisme lui disait que dans le pire, il aurait du meilleur.

Prévenu de sa présence anticipée, et n'ayant aucune urgence en attente, le Docteur Paldire, partit chercher son patient.

- Monsieur Atom,... Lui dit-il en tendant le bras, en signe de précédez-moi, je vous prie.

Ils entrèrent dans le bureau du praticien qui l'invita simultanément à s'asseoir.

- Docteur, j'ai une saloperie, n'est-ce pas ?

Celle-là, le médecin ne l'avait pas anticipée. Il changea donc son discours liminaire.

- En effet. Mais qu'est-ce qui vous a fait conclure ça ?

- On fait pas déranger pas les gens pour leur annoncer qu'ils n'ont rien. Pour les bonnes nouvelles, un coup de fil fait parfaitement l'affaire. Quand on revient suite à une analyse, c'est pour parler de l'addition !

- Très juste. Bon, vous avez une petite tumeur, difficile à ôter, car très proche d'une zone de commandes hypersensible. Je vous la fais profane, OK ?

- Je préfère, le vocabulaire médical, c'est comme le judiciaire, c'est pour que vous puissiez vous parler entre vous sans que personne autour comprenne.

- J'avais pas vu ça comme ça, mais ça se tient.

- Et donc, on fait quoi maintenant ?

- A vue de nez, je dirais radiothérapie sur six semaines, à laquelle on associe une chimio par voie orale. Vu la taille de la tumeur, il y a une vraie chance qu'on en vienne à bout avec ce double traitement.

- Et ça donne quoi en terme d'effets indésirables ?

- Pas grand chose. La radiothérapie vous flinguera un peu. On peut pas imaginer ce qu'une exposition si courte peut générer comme fatigue. La chimio par médocs, sur les feed-back qu'on peut en avoir, pas de gros désagréments.

- Donc, pas de boulot pendant quelques semaines ?

- Comptez un bon trimestre. D'ordinaire, on arrête les patients 6 mois, mais, on peut réduire à 3 ou 4 chez les sujets en forme comme vous. C'est dur à pronostiquer. Cent jours c'est un minimum.

- On commence quand ?

- Le plus tôt...

- Je vous laisse organiser tout ça, doc'. Merci de votre franchise. Et de la clarté.

- Je vous en prie Jules. Comme vous me plaisez bien comme gonze, et n'allez pas vous méprendre sur le « plait bien », je vous adresse à la meilleure onco du service le Docteur Plendy-Cente. Et en plus, c'est un sacré bloc !

- Jurez !

- Vous m'avez demandé de pas vous mentir ?

- C'est vrai.

- Bon, ben... On vous appelle dès que le protocole est prêt.

- Ça marche.

- Dites Jules, quand vous aurez deux minutes, vous pourrez remercier l'impétueuse qui vous a transformé le melon en pastèque. Sans elle, on aurait très certainement perdu quelques belles et déterminantes semaines. Le temps que vous vous rendiez compte que la main merdait. Et, ces saletés, plus on les prend tôt...

- Et mieux ça vaut. Je sais. Je vais y réfléchir un peu.

Silence assourdissant

On s'est quittés en termes... disons... pas sensass. Je vous promets donc rien sur cet aspect.

Jules avança sa main face à celle d'Yvon, et lui serra énergiquement, jusqu'à le faire grimacer. Tout ça dans un sourire amical. Et il quitta le bureau.

Parcourant le couloir, tout à ses pensées, il ne fit aucun cas d'une porte qui s'ouvrait juste derrière lui.

- Monsieur Atom ! Entendit-il crier dans son dos. C'était la voix du Docteur Yvon Paldire. Vous avez oublié votre stylo.

Jules n'avait pas de stylo. Mais, en se retournant, il aperçut un éléphant de mer, debout, en blouse blanche, sur la poche poitrine de laquelle où on pouvait lire « Dr Thérèse Plendy-Cente ». C'était l'oncologue !

Cet objet indûment acquis, n'était pas sien. Et Jules comprit parfaitement le subterfuge usité. Il déposa le tube plastique au comptoir de l'accueil devant lequel il passait. Puis, quelques mètres plus loin, il lança un magnifique bras d'honneur en l'air. Le docteur, qui avait patienté sur le pas de sa porte, pouffa de rire.

Jules lui aurait bien gardé un chiot de sa chienne, mais lequel ? Il allait y réfléchir dare-dare avant de revenir pour son traitement.

32

23 décembre 2010.

- Inès, c'est Joe, j'ai tes résultats. Si tu peux passer me voir au lieu de me rappeler, c'est aussi bien. J'ai, à mon tour, des questions à te poser. Salut petite sauvage.

Un petite heure après le message, la tornade pénétrait dans le labo.

- Un petit caoua ?
- Yes.
- Je t'en prie, assieds-toi.
- Joe, s'il te plaît, accouche !
- Calmos mistinguette. Bon, tiens-toi bien...
- Alleeeeez !

- Les deux cheveux que tu m'as confiés n'appartiennent pas à la même personne.

- T'en es sûr ?

- Parfaitement. Pour autant, ils possèdent le même ADN.

- Ce qui signifie ?

- Qu'elles ont ou la même mère ou le même géniteur.

- Attends, attends, laisse-moi quelques secondes. Jimmy m'a certifié mordicus qu'il n'avait prélevé qu'un cheveu. Je me rappelle même m'être fait la réflexion que, putain, il aurait pu assurer le coup en en ramenant deux. Il n'y a donc qu'un cheveu de la petite. Que je n'ai pas pu identifier formellement puisqu'au final, on s'est retrouvé avec deux cheveux sur le siège passager.

- La question est de savoir à qui appartient ce second cheveu ?

Inès ne prit quelques longues secondes pour cogiter. Puisque soudain :

- Ooohhh fan de pute de salope de vierge à cul ! Ça y est, ça me revient. La dernière personne à être montée à cette place, c'est Marie.

- Marie, la fille de ton pote toubib ?

- Puuutaaaiiin... Ça veut dire que si on se trompe pas sur les cheveux, Marie est la sœur de Nila ? Ben çaaa alooors...

- Comme tu dis. Inès dût s'asseoir pour encaisser la nouvelle.

- Eh, Joe. T'as pas fini de me dire. Si vraiment c'est bien leur tif à chacune, elles ont les mêmes parents ?

- C'aurait pu, mais, en l'occurrence non ! Seulement le père. C'est le chromosome X qui le certifie. A 99%, on peut considérer le résultat comme acquis. En revanche, l'ADN mitochondriale révèle que la mère est différente. On peut donc penser que la mère de Marie est bien, hélas, celle qui est morte. Et Sylvie, celle de Nila. Chacune la leur. Un père qui s'est farci des deux mères.

- Putain, c'est un chaud, ce Léo !

- Ou pas, miss ! Ou il est le père des deux nanas, ou d'aucune ?

- C'est de la dynamite, ton info. Wouaaaoooh... Avant de la lancer, si on la lance, faut qu'on refasse un test.

- Eh miss, ça coûte des ronds tout ça ! Je peux pas justifier deux ADN de suite sans y adjoindre un motif. D'autant que c'est pas fini les nouvelles.

Inès n'avait pas écouté la dernière phrase. Ou plutôt, l'intégra tardivement.

- T'inquiète pas pour les justifications, Joe, des affaires à y coller, je t'en trouverai. T'as dit quoi ? Pas fini les nouvelles... Tu crois pas que j'ai eu mon compte pour aujourd'hui ?

- Rassieds-toi, ma belle.

- Tu vas pas recommencer avec ça.

- Comme tu voudras ! La petite de Mathieu, enfin, celle de sa donzelle plus exactement, c'est elle qui a posé ses mains pleines de doigts sur ton cruchon de punch.

- Pas MON cruchon, puisque moi j'y étais pas. Alors, ça par contre, je peux pas dire qu'on s'en doutait pas. Mais comment tu peux savoir ça, mon mignon ?

- Tu me draguerais pas, des fois ? Ils t'ont pas dit tes

potes. Il y a que les garçons qui me font frétiller. Ah pardon, tu m'as posé une question.

- Comment je sais ? Simple. La petite est clepto de chez clepto. Elle apparaît au TAJ* 8 fois depuis qu'elle est « autorisée » à y figurer.

- J'aime bien comment tu dis ça.

- 8 fois en deux années, c'est pas vilain. Et que du vol, simple ou étal'*. C'est une voleuse de compète, quoi ! Elle aurait du sang manouche, ça serait pas pire.

- Léo, Mathieu, ou x, des gitans ? Tu débloques complet l'ami. Bon, en tous cas, ça fait une mégabille pour l'affaire d'empoisonnement. Parce qu'on était grave au point mort.

- Enfin, elle a un gros souci, cette gamine.

- Je te le fais pas dire. Ça me plairait moyen que ce soit ma frangine. Je sais pas comment Marie prendra la nouvelle. Enfin, faudra voir ce que Léo compte faire de tout ça. D'autant qu'il nous faudrait un cheveu de Mathieu et lui afin d'en avoir résolument le cœur net. Tu t'occupes de ça, Joe ? En grenouillant vers leur blouson ou leur casque. Moi, je m'occupe de récupérer deux nouveaux cheveux des sisters afin qu'on soit définitivement carrés.

- Oui chef ! En parlant de chef, il était en pétard contre toi, l'autre taré !

- Ça l'occupe. Lui, un de ces quatre, qui sera pas fait comme un autre, je vais lui rentrer dans le lard vilain ! Ça l'apprendra à me chercher à tous bouts de champ.

** TAJ : Traitement des Antécédents Judiciaires. En police, on appelle aussi ça le pedigree !*
** Etal : pour étalage.*

- T'abaisse pas à ça minette. Il te le ferais regretter, c'te crevure. La roue tourne. Ton tour viendra de lui casser les burnes. J'ai du pif pour ça. Ce mec pue la merde ! Tu verras...

- Puisses-tu avoir raison. Bon, faut que je ripe. Voir comment je m'organise pour l'opération tif bis. Allez, tchou my brother.

- Vamos hermana.

L'enquêtrice quitta le labo circonspecte.

On savait qui pour la crémaillère. Mais pas pourquoi ? C'était quand même pas anodin comme modus operandi. Et surtout, ça traduisait une volonté délibérée de nuire, quelques soient les pertes humaines. Cette gamine était folle. Et dangereuse. Faudrait tôt ou tard, mais plutôt tôt que tard, en faire état à Mathieu, avant qu'il arrive un malheur.

Inès revint au bureau où Benoît mettait un terme à son rapport de synthèse sur l'affaire « Lorca ». Le procureur lui avait donné 48 heures pour boucler ledit dossier. Mais, bien sûr, Ben n'avait pas respecté le délai, car il était en indélicatesse avec l'orthographe, merci, la méthode globale. Comme le Parquetier l'avait à la bonne, il lui avait passé un coup de bigo et obtenu une rallonge de 48. Il ne lui restait que la conclusion.

Quand il eut mis la touche finale à ses écrits, Inès lui proposa un jus, et lui déballa tout.

Benoît en fit le tour de son slip. Plutôt son boxer. Trois fois. Et sans toucher l'élastique, encore !

33

Melle Devault, Marjorie de son prénom, est J.L.D. Juge des Libertés et de la Détention. Enfin, surtout Juge de la détention. Et, quand elle ne pouvait pas faire autrement, mais plus accessoirement, de la liberté, contrairement à la grande majorité de ses collègues.

Au sein d'une magistrature, parfois plus soucieuse de la liberté des crapules que de celle des victimes, elle dépareille incontestablement. C'est pourtant pas par manque de motivation qu'elle est comme ça. A l'heure où certains se retrouvent presque fortuitement J.L.D., en transit, avant une affectation plus flatteuse, Marjorie avait sciemment et délibérément visé ce siège. Toutefois, à donner du bâton à tour de bras, et à embastiller le malfaisant comme elle ne rechignait jamais à le faire depuis qu'elle occupait le poste, elle n'avait pas tarder à se faire remonter les bretelles. Et nul doute que ses jours à cette place pourraient finir par être comptés si elle ne réduisait pas la voilure de son souffle répressif. Elle savait tout ça pertinemment, mais ça ne la perturbait en rien. Pas plus que ça ne la faisait dévier de sa ligne de conduite.

Campant sur ses positions, la Juge restait fidèle à des principes que son père, avant elle magistrat du siège, lui avait inculqués, en complément d'une éducation juste et solide. Ces idéaux qui régissaient naguère une société, certes par trop inégalitaire, mais où régnait encore un semblant d'ordre et de morale.

C'est dingue comme la simple évocation aujourd'hui de ces deux valeurs, aux sonorités vintage, limite surannées, fait immanquablement nationaliste. Et pourtant, personne dans cette famille n'avait jamais épousé quelque thèse extrémiste que ce soit.

Benoît adorait cette nana, qu'il appelait Marjo. Ou Barjo, lorsqu'il voulait la provoquer. Ça dépendait des jours, et de son humeur.

*

Tous deux se connaissaient depuis la maternelle. Résidents du même lotissement, ils avaient intégré ensemble l'école des petits en septembre 1983, et ne s'étaient quittés qu'en FAC de droit, où Benoît avait, péniblement et sans passion, décroché une licence de droit public, avant de réussir le concours d'Officier de Police, pendant que Marjorie, en autant d'années empochait un DEA de droit des Affaires et du Patrimoine Privé, pour émigrer à Bordeaux et son Ecole Supérieure de la Magistrature.

Enfants, ils parcouraient le chemin théoriquement pédestre domicile-maternelle, en trinôme. Marjorie et Benoit sachant marcher sur les mains, accomplissaient une partie du trajet la tête en bas. Ne se redressant que pour permettre aux sang de quitter leur tempes bourdonnantes. Pendant leurs acrobaties, c'est Stéphane qui jouait le rôle de baudet, sans jamais rechigner. Une fois Stéphane envolé vers d'autres cieux, ses parents ayant muté en outremer, Marjo et Ben étaient devenus un duo inséparable, au point que certains élèves les prenaient pour des frère et sœur.

Les années passèrent, sans que le couple platonique ne se délite. Au collège, et bien qu'il ne fut pas systématiquement dans la même classe, Benoît gardait un œil bienveillant sur son amie. Il avait même dû s'employer pour protéger sa Marjo. Blonde aux yeux bleus, la jeune fille suscitait les convoitises *malodescentes*. Et certains de ses prétendants n'étaient pas ce qu'on pouvait appeler des modèles de délicatesse. A une drague bien lourdingue, ils ajoutaient parfois quelques gestes furtivement déplacés, qu'évidemment, aucun responsable de cour, ne jugeait bon de sanctionner.

Marjorie en appelait donc à son preux chevalier pour réparer l'affront. Mais ce dernier esquivait la vengeance par procuration, arguant du risque de se faire punir lui-même. Alors que l'offensée et lui-même savaient pertinemment que c'était par simple poltronnerie. Parce qu'hélas oui, le jeune Decajoux était un couard.

Devant l'inertie coupable des adultes, l'impuissance notoire de Benoît et l'impunité dont ces adolescents-roi finissaient par jouir, arriva un jour ce que devait arriver : un midi de printemps, le trio collégien de têtes brûlées, rentré d'un déjeuner probablement bien arrosé (les premières cuites adolescentes) s'en prit une nouvelle fois à Marjorie qui, elle, rentrait de la piscine. La surprenant par derrière, ils l'avaient neutralisée dans ses mouvements et bloquée dans un recoin de la ruelle du collège. Là, le caïd du groupe avait commencé à relever son tee-shirt et s'échinait à lui dégrafer le soutien-gorge.

Prévenu de la chose par un camarade témoin de la scène, mais lui aussi, bien trop pleutre pour intervenir, Benoît était ressorti de l'enceinte de l'établissement ventre à terre. Dans un sursaut de lucidité, il avait arraché à la volée l'extincteur du hall d'entrée, et était arrivé avant que l'irréparable n'ait été commis. Il en avait pulvérisé le *contenuageux* au visage de l'agresseur et de ses comparses, n'épargnant, au passage, pas totalement sa muse. La vue de Marjo en haillons avait eu l'effet d'un électrochoc chez lui, le faisant littéralement entrer dans une furie dévastatrice.

Le fameux Lucas avait, en plus de la vue carboniquement enneigée, eu les honneurs d'un baiser extincteur, qui comme son nom l'indique fort justement, l'avait totalement éteint. Les complices, lâches témoins de l'odieuse scène, en avait été quittes pour leur compte eux aussi. Conscient de la dangerosité de son arme par destination, Benoît avait lâché le cylindre rouge, et avait fondu sur eux, rouant de coups de poings et pieds, les garnements au sol.

Marjorie n'en était pas revenue. Et Benoît pas plus.

Les heures qui avaient suivi l'assaut l'avaient propulsé au rang d'héros local de l'établissement. Et, à jamais, LE sauveur de la jeune fille.

Quelques jours plus tard pourtant, Benoît était convoqué au commissariat où les parents de Kevin avait déposé plainte. Plainte qui avait été doublée au rectorat, et assortie d'une demande de sanction scolaire.
La plainte n'avait pas été bien loin. Et le scolaire avait suivi le pénal. Comme par enchantement.

A l'issue de ces événements, Marjorie savait clairement ce qu'elle voulait faire de sa vie professionnelle. Elle serait Juge de la Détention. Et de la liberté, mais uniquement quand celle-ci serait véritablement et inéluctablement méritée.
Quelques années plus tard, quand Melle Devault s'est vue offrir une possibilité de mutation, elle n'a pas hésité une seule seconde. Choisissant la même Cour d'Appel que celle dont dépendait Ben.

Elle n'avait pas oublié.

34

Lendemain d'intervention. 22 décembre.

Ils auraient dû se vautrer dans la fange de l'euphorie.
Et pourtant.
Benoît était nerveux. Inès irritée. Mathieu zen.
Dans le couloir de la Direction, voilà maintenant une heure qu'ils poireautaient, lorsqu'une secrétaire aridement vintage apparut au sortir du bureau à la porte capitonnée. Dans son tailleur vieux rose, ses souliers de daim gris et ses lunettes des années 50, elle avança -pedibus cum jambis- vers eux.

- Madame. Messieurs. Si vous voulez bien vous donnez la peine.

Le trio de poulets emboîta le pas martial de

l'assistante de direction. Une fois passée le bureau, tout aussi austère de Marie-Bernadette, on les pria de passer la double porte, elle aussi très largement capitonnée, où le Directeur les attendait. Ils pénétrèrent dans un vaste bureau, où se trouvaient une bonne demi-douzaine de personnes. Le ban et l'arrière-ban, en somme. Le plus charismatique prit la parole, non sans les avoir préalablement priés de s'asseoir.

- Lieutenants (il ne jugea pas utile de différencier Mathieu, qui lui n'était pas officier), vous n'avez pas besoin de moi pour savoir que vous avez effectué un joli flagrant-délit hier après-midi. Proxénétisme, trafic de stupéfiants, association de malfaiteurs. Bref, un coup de filet inespéré...

Inès le coupa net :

- Avec tout le respect que je vous dois, Monsieur le Directeur, pardonnez-moi de faire remarquer qu'inespéré, bien que l'homonyme de mes prénom et nom, reviendrait à conclure qu'il ne s'agit là que de chance. Or, je rappelle à votre sagacité que nous avions un tuyau plus que solide concernant de la prostitution domiciliaire. Pour le stups, je veux bien vous concéder qu'il s'agissait -là d'un bonus fortuit... si l'on considère que prostitution et stupéfiants ne se corrèlent jamais.

- Soit ! Reconnut son Directeur. Votre information était de qualité. Convenez tout de même que la personnalité de certains mis en cause n'a pas manqué de vous surprendre.

- Comme vous dites, Monsieur le Directeur, s'improvisa Mathieu. Benoît était trop intimidé pour intervenir d'initiative.

- Elle a fait plus que m'surprendre... reprit la petite

Lieutenant.

Benoît connaissait par cœur la fin de la phrase, puisqu'il s'agissait d'une réplique d'un film élevé au rang de culte par Inès. Cette dernière était tellement imprévisible, particulièrement dans un contexte hostile comme celui-là, qu'il l'imaginait capable d'enchaîner par le catastrophique et irréversible : ... ça m'troue l'cul !, l'Officier de Police Judiciaire saisit fermement sa collègue par l'avant-bras, pour lui intimer de n'en surtout rien faire.

- Ça va, j'allais pas l'dire ! J'suis pas complètement barge, quand même ! lui chuchotta-t-elle. Benoît haussa timidement les épaules pour lui signifier son doute en la matière.

- Cela dit, messieurs-dames, nous avons un problème. Que, je n'en doute aucunement, vous touchez fort bien du doigt. Vous allez être dessaisis de cette enquête, au profit d'un groupe qui a l'habitude de gérer ce type d'affaire, disons quelque peu... il réfléchissait à son qualificatif... fâcheuse.

- Et surtout bien embarrassante ! enchérit Inès. Il était dit qu'elle ne s'en laisserait aucunement compter. Benoît la fusilla d'un regard, l'incitant à cesser de jouer à ce petit jeu dangereux. Nonobstant cette invitation à la tempérance, elle poursuivit :

- Ecoutez, Monsieur le Directeur, quoique vous ayez décidé avec ces messieurs-dames ici-présents, il y a des choses que vous ne pourrez éviter. Pas plus notre chef de service que notre autorité judiciaire ne peuvent rester au manettes, et ce, sans préjudice des décisions qui seront rendues par les instances qui statueront sur leur sort.

- Lieutenant Perret, je ne crois pas qu'il vous appartient de miser sur les suites qui ne manqueront pas d'être données à cette affaire. Il va de soi que ces deux hiérarques auront à répondre de leurs errances. Et c'est pour cela que l'enquête est désormais confiée à une unité spécialisée dans le traitement de dossiers sensibles, comme l'est celui-ci. Vous leur confierez donc le dossier dès votre retour au central.

Consternation dans les rangs policiers.

Fataliste, Benoît comprit que la cause était entendue.

Mathieu aussi. Cependant, dans son for intérieur, il nourrissait un fol espoir : que « la petite sauvage », comme il l'appelait, sorte de son chapeau un lapin blanc.

Parce que son intuition féminine et sa méfiance dans le politburo de la fonction publique, et particulièrement celui de l'administration policière lui avaient prédit pareil camouflet, Inès avait préparé et gardé en réserve secrète, disons même en réserve de la République, LA botte secrète. Loin de désarmer, toutes griffes rentrées mais prêtes à gicler de leur fourreau, elle planta son regard noir, probe et déterminé, dans celui rigide et pharaonique de son principal interlocuteur, sollicitant de sa bienveillance la possibilité de lui parler seule à seul.

D'un regard *cirvocateu*r, le Directeur intima à l'auditoire de se retirer.

Confondus, les sbires se grouillèrent de déserter.

Benoît était passablement soucieux. Présageant qu'elle ne s'en laisserait pas conter, et craignant qu'en désespoir de cause, elle ne commette l'irréparable, il l'interrogea d'un regard. Mais ne reçut aucune autre réponse qu'un froncement austère qui en disait long sur la résolution d'Inès.

Mathieu lui adressa un sourire confiant.

*

Quelques minutes plus tard, les ex-communiés furent ne nouveau autorisés à pénétrer dans le Saint des Saints.

- Finalement, l'enquête reste au Groupe Crim', les arguments du Lieutenant Perret m'ayant convaincu. Lieutenant Decajoux et Perret serez les directeurs d'enquête. Et logiquement mes interlocuteurs directs.

La stupeur pouvait aisément se lire sur la majorité des visages. Comment diable cette petite impertinente avait-elle fait infléchir LE Directeur ?

Inès prit la main de Benoît et lui posa un baiser appuyé sur la joue. Elle posa l'autre (main) sur l'épaule de Mathieu.

- Ite missa est. On y va les garçons. Mathieu, tu remercieras tes équipes. Nous, on a du pain sur la planche.

Elle fit de nouveau face à Monsieur Martin :

- Mes respects Monsieur le Directeur. Mesdames, Messieurs... Et elle se fendit d'une arachnéenne, et démesurément obséquieuse révérence. Prenant ainsi congé d'une assistance littéralement médusée.

35

Veille de Noël 2010.

Denis était devenu raisonnable.

Fut un temps où ses prisonniers auraient, dans les minutes, tout au plus heures, qui suivaient leur capture, péri corps et biens. Par deux-cents mètres de fond sous-marins. Découpés et ensevelis dans la boue d'un enclos de porcs affamés. Coulés dans les fondations d'un chantier immobilier. Encore, dissous dans quelque acide. Ou carbonisés dans un habitacle de berline dont ils auraient eu l'infortune de ne pouvoir s'extraire.

C'était pas les idées qui manquaient. Ni les connaissances pour les matérialiser.

Mais depuis qu'il était admissible à la liberté, fusset-elle conditionnelle pour commencer, Denis avait promis à ceux qui lui avaient octroyée qu'il n'en abuserait point, qu'il se conduirait du mieux possible, et qu'il ne volerait plus la vie humaine, sauf à y être instamment contraint. En outre, il ne pouvait passer sous silence l'embuscade dont il avait failli être victime. Sans parler du cas Camille, dont il fallait prioritairement s'occuper.

Denis entra dans la cour du commissariat en exhibant son faux sésame tricolore. Malgré le rouge et le blanc, le préposé à la barrière n'y vit que du bleu. En même temps, il s'en tamponnait royal. Un jour, il y aurait une fève avec cette facilité d'intrusion au Central.

A l'accueil, Denis fit demander sa *copInès*.
En deux temps-trois mouvements, elle apparut devant lui.
- 'Jour Denis.
- Salut p'tite. Denis lui désigna l'Audi, stationnée entre deux tires banalisées.
- Comment t'as fait pour la rentrer ?
Denis tira de sa poche pectorale la fausse carte de Police, qu'il n'eut pas besoin de complètement sortir.
- Mais oui, je suis conne ! Avec ces bons à rien à la barrière. Les yeux rivés sur Candy Crush ou je ne sais quelle autre connerie abrutissante.
- On peut regarder Candy sur un téléphone portable, maintenant ?
- Pas Candy, Deun's, Candy Crush. C'est un jeu où y faut bâfrer pleins de bonbons.

- M'étonne pas qu'y soient gras comme des gorets les jeunes aujourd'hui.

- Denis, recommence pas. Les bombecs, ils les bouffent pas pour de vrai.

- Ah ? Dis poulette, c'est pas pour taper la discute jeux vidéos que j'suis venu.

- Denis, sois gentil, « poulette », j'suis pas très fan.

- OK, Inspecteur.

- Bon, je vois qu'aujourd'hui ça va être compliqué d'avoir un échange fructueux... enfin normal avec toi. Pourquoi t'es là ? Je t'écoute.

- Viens voir.

Denis l'invita a faire quelques pas et tous deux se positionnèrent devant la malle de l'Audi que Denis ouvrit d'un plip sur sa télécommande. Le coffre remonta tout seul, comme un grand. A l'intérieur, rangés tête-bêche, les deux ritals étaient immobiles. Le seul conscient des deux émit un râle sourd. Denis lui emmancha une droite sur l'arcade. Le silence revint.

- 'Tain Denis, tu sais où on est là ?

- Ben ouais, au central. C'est quoi le problème ?

- Denis, tu sais que je t'aime bien dans ton genre, mais tu peux pas débarquer comme une fleur ici, avec deux gonzes dans ta tire. Et dans les choux en plus !

- Attends deux secondes ma belle. Ces deux branquignolles de tapettes milanaises d'mes couilles, tu sais comment je les ai rencontrés ?

- Non, et je m'en cire complet !

- Tu devrais pas, ma Louloutte. Y venaient dans l'idée de m'faire ma fête.   - Normal. Ça doit être des hommes de mains d'un gars que t'as fait marron. Ou à qui tu as fortement déplu...

- Aussi. Mais, sais-tu par qui ces tocards étaient commandités ?

- Finalement, quand tu veux, t'es pas si naze en vocabulaire.

- Te moque pas frangine. J'aurai bien aimé y aller, moi, à l'école. Mais on avait besoin de mes bras pour aider à faire bouillir la marmite à la maison. Alors...

- Pas faux. Scuse. Bon, tu l'accouches ton commanditaire ?

- Camille, notre antillais. Le livreur de punch à qui on a secoué un peu les puces. Et redécoré un peu l'appart'. Ça a pas dû trop lui plaire.

- Quand bien même ! Il y en a d'autres à qui on a « designé » (prononcer dizahiné) l'intérieur de leur logis après leur avoir bien fait se heurter les neurones et qui ont pas envoyé des porte-flingue pour dessouder un de nous. Il y a deux conclusions à tirer rapidement de ce guet-apens : 1. Faut retrouver rapidos ce junkie et 2. le réduire définitivement au silence...

- Oh oh, doucement là ! Qui devra le repasser, le rastaquouère ? Tu sais que j'ai donné ma parole de plus buter quiconque si c'était pas un cas de force majeure.

- Ah oui. Et là, tu trouves que c'en est pas un ? Deux ritals gominés viennent pour te trouer le cuir dans un parking, et toi, tu trouves pas ça grave ?

- J'ai pas dit ça. Mais, là, maintenant qu'ils sont

inoffensifs, c'est plus pareil. En gros, fallait que j'les refroidisse pendant que j'avais encore les abeilles qui se touchaient. A présent, ça fait un peu vengeance en retard.

- C'est un pléonasme vengeance à retard. Puisque c'est obligé d'être après. Respire par le ventre, mon Denis. Tu n'auras pas à les occire.

Elle finissait à peine sa phrase qu'elle comprit que son interlocuteur allait buger. Avant qu'il n'ait expulsé la moindre syllabe et devant sa moue hautement dubitative, elle enchaîna :

- Je voulais dire tuer. T'auras pas à les tuer, les transalpins, enfin, les ritals. Tu leur en as assez posé sur la couenne pour qu'ils changent de trottoir lorsqu'ils te reverront. C'est pas eux notre souci. Notre problème, c'est celui qui peut allonger suffisamment d'oseille pour s'offrir leurs services. A moins que le Camille soit en affaires avec tes prisonniers ? Y pas, ce mec faut le neutraliser. Dès lors, je vois deux options : On on lui monte un plan foireux et on le fait partir un bon moment à la ratière. Ou, comme c'est un tox, on lui en met un peu plus que sa dose habituelle dans les veines et zou !

- Ça fait quand même estourbir un mec. Même gentiment, ça revient quand même à ça. Moi, j'préfère ta première option. Tu sais quoi miss, pourquoi tu tubes pas notre copine Barjo ? Tu lui dis que je tiens ma parole, et que j'aimerais mieux éviter d'zigouiller l'autre tanche de « café au lait ». Explique-lui bien que même les curetons du Vatican, j'leur ai laissés la vie mauve. Que Denis sortira la boite à effacer l'existence qu'en cas d'extrême onction...

- Dernière extrémité, ou extrême urgence, plutôt ?

- Oui merci. Donc, qu'on pourrait lui monter un plan comme il faut, afin qu'il fasse quelques bonnes grosses années de cabane. Et même que du mitard, Boun peut s'arranger qu'il en sorte jamais.

- On va faire ça, oui. On lui monte un plan stups à l'envers, et on le coffre pour trafic. Les ritals, tu t'en démerdes ?

- Yes. J'vais leur causer une dernière fois avant de les lâcher dans la nature. Dernières consignes amicales, quoi.

- Impec. Allez file, j'veux plus te voir ici. Encore moins avec des prisonniers dans ton coffiot.

- Moi aussi, j'me sens pas bien là. Trop de schmidts dans les parages ! A plus, fillette.

Denis prit ses cliques. Sortit de la cour automobile de l'hôtel de Police. Trente minutes plus tard, il stoppa la berline compacte allemande à la sortie du virage. Le tablier du viaduc s'ouvrait devant lui. Il déverrouilla la malle où ses sardines transalpines en écrasaient encore. Une bonne beuglante suivie de quelques secousses presque telluriques ramenèrent les cousins raviolis à la surface de notre planète. C'eut été crétin de les renvoyer instantanément par les profondeurs de Dame Terre.

Denis leur octroya le délai minimal de décompression. Une fois que les pupilles furent bien en face des cavités oculaires, il leur demanda de faire quelques pas pour se rendre compte de la profondeur du précipice. Ajouta qu'à la prochaine contrariété émanant d'eux, il aurait le plaisir de les initier aux joies du saut à l'élastique... Sans élastique.

Pour eux, c'était Noël avant l'heure.

Il prit congés des deux mercenaires au chômage technique, et les salua bien bas.

Jeudi 9 décembre 2010.

Cinq fois par semaine, tous les matins, Jules prenait place sous l'imposant accélérateur linéaire de particules. Une dose locorégionale de 2 Gy par jour lui était délivrée en trans cutanée. Le protocole établi avait fixé la radiation totale 50 Gray.

Il ne fallait que quelques minutes, cinq, tout au plus, pour que les photons et autres rayons X abîment l'ADN des cellules. Ainsi endommagée, la carte d'identité de ces dernières interdisait dès lors toute reproduction.

Il n'en avait parlé à personne. N'ayant pas jugé utile de le faire. Et quand Léo lui demandait d'où il venait le matin, il lui avait excipé qu'il allait faire un peu de sport.

Son mensonge de convenance avait fait long feu, son vieil et indéfectible ami ayant flairé la patate. Une fois « déchargé » de son secret,   Jules lui avait promettre de n'en rien dire à la famille. En échange de quoi, il consentait à ce que son vieux pote l'accompagne jusqu'à la fin du traitement. Une fois celui-ci achevé, les radios de contrôle indiquèrent que la tumeur s'était totalement dissipée.

Ce n'est que quelques jours plus tard que Jules ressentit une grande fatigue. Comme en différé. Les lésions de cellules saines voisines de celles qui avaient subi le rayonnement. Le contrecoup du traitement que lui avait annoncé le docteur Paldyre.

Cindy, la secrétaire du cabinet, annula les rendez-vous du mois qui s'ouvrait. Jules partit se régénérer au camp. Et, comme il ne manquerait pas d'être mis sur le grill quant à sa présence, maintenant que c'était fait, il mis au courant sa famille. Cette fois-ci, il m'omit pas de prévenir Léo.

Lundi 27 décembre 2010.

Les résultats tombèrent. Comme une simple mais nécessaire confirmation. Nila et Marie avaient été conçues par le même homme, et à quelques jours d'intervalle. Des trois parents, il ne restait aujourd'hui que Sylvie.

Fallait-il l'annoncer ? Fut la première des questions. Si la réponse était oui, à qui ? Comment ? Les détenteurs de l'info n'étaient pas dans la merde ! Dans ce genre de réflexion, le principal souci réside dans le fait que, par crainte de ne pas opter pour la meilleure des options, on ne s'aventure pas à décider seul.

Dès que les assertions de Joe furent scientifiquement

entérinées, Inès ne put garder le secret. Elle prit Benoît à part pour lui révéler le scoop. Et même s'il savait parfaitement que Nila n'était pas la fille de Mathieu, il en resta comme deux ronds de flan.

Mise dans la boucle elle aussi, Armelle ne tergiversa pas. Il fallait le dire à Léo. Sur ce point, les avis concordaient, d'autant plus, après ce qu'avait fait Nila. Il lui appartiendrait de savoir comment il comptait en parler à Marie, et ce qu'il lui apprendrait.

Mel prit ses responsabilités, et proposa de se charger de l'annonce, soulageant notablement les deux tourtereaux.

- Hello chéri. A quelle heure est ton dernier rendez-vous ce soir ?
- Salut Mel chérie. Quelle question ?
- Je voulais passer te chercher au boulot. Faut qu'on parle.
- Oh ! J'aime pas ce ton. C'est pas nous, au moins ?
- Pas du tout, trésor. Rien de bien grave. Ça ne concerne que toi.
- Et je suis pas au courant ? C'est le monde tourne à l'envers. Vers 19h30, ça devrait être bon.
- Parfait. A tout de suite alors.
- Ça marche.

C'était rien de dire que l'appel de sa dulcinée eut le don de perturber le doc'. Léo devait savoir. Il avait choisi de dire à Marie la vérité sur la disparition de sa mère. Nul doute qu'il en ferait une nouvelle fois autant.

Quant à Nila, le problème était autrement plus épineux. Il y avait sa filiation. Mais surtout, et c'était très loin d'être une vétille, la tentative d'empoisonnement avortée. Comment gérer un événement comme celui-ci ? Avec une fille aussi perturbée ?

Inès convint avec Armelle que la priorité des priorités était Léo et Marie. Elles s'accordèrent sur le fait que lorsque Léo serait au courant, et quoiqu'il décide par la suite, lui et Armelle s'entendraient avec Inès et Ben pour la suite à donner.

Inès hésitait à tout déballer à Denis. Non seulement, elle redoutait son manque de délicatesse dans un domaine on ne peut plus sensible, où était requis un certain doigté, mais elle gageait fort que sur le sujet « crémaillère », ses démons répressifs ne resurgissent.

Dans l'impossibilité de confier ses réflexions à Ben, qu'elle écartait le plus possible du phénomène Denis, elle décida, en son âme et conscience, de ne pas sensibiliser l'ami polonais pour le moment.

38

Armelle ne travaillait pas. Descente de nuit.

Tracassée par l'annonce qu'elle devait faire à son homme, elle ne parvenait pas à se concentrer. Elle avait ouvert un livre. Ses yeux parvenaient à suivre les syntagmes parcourus, mais son esprit était bien incapable de les assembler selon la logique rituelle. N'imprimant pas, elle ne comprenait rien à ce qu'elle lisait. Elle laissa l'ouvrage ouvert sur la table du patio, prit ses affaires de piscine, et partit faire trempette.

Si l'eau lui procura un incontestable bien-être, elle ne parvint toutefois pas à enchaîner, comme à son habitude, palmes aux pieds et planche au bout des mains, les longueurs. Pas moyen. La volonté, était elle, aussi en berne. Damned ! Elle quitta l'élément liquide, passa à son vestiaire récupérer le pass Spa. Elle commença par le hammam, dont elle sortit en moins de cinq minutes. Comme ce n'était pas son étuve de prédilection, elle jeta son dévolu sur le caldarium sec, d'ordinaire sa hutte fétiche. Pas mieux. Quatre minutes, montre en main. A croire que son cerveau s'était transformé en anneau accélérateur de particules ! Les heures qui la séparaient du rendez-vous promettaient d'être éternelles. Fallait trouver de quoi se changer les idées.

Armelle refit peau neuve. Même se sécher les cheveux la barbait. Elle sortit du stade aquatique échevelée et monta dans le bus 4.

Après ce qu'il avait traversé, comment Léo allait-il accueillir pareille révélation ? La famille qui s'était recomposée dans l'immense loft vivait dans une harmonie qu'Aldous Huxley n'aurait pu qu'admirer. Exit toute dystopie sinistre, l'improbable eurythmie nageait dans un espiègle bonheur, qui, avec une nouvelle aussi désarmante, courait le risque de descendre de quelques barreaux sur l'échelle de l'alacrité.

Toute à ses pensées, Mel en oublia de descendre à l'arrêt voulu. Au terminus, elle s'en excusa auprès du chauffeur, qui lui offrit l'absolution sans réticence. Hardi, ce dernier proposa même de lui offrir un café au dépôt.

En temps ordinaire, jamais Armelle n'aurait fait ça, mais en cet après-midi pas ordinaire, elle accepta. Précédé du conducteur de bus qui lui tint la porte, elle pénétra dans un terminal où elle fut surprise de voir autant de femmes. Ce qui aurait pu être un traquenard, se révéla un moment parfaitement délicieux. Les hommes était tous fans. Ils reluquaient (certains discrètement, d'autres nettement moins) la silhouette serpentine de dame Mel'. Et le chauffeur se trouva des amis qu'il n'avait ordinairement pas. Les femmes elles, accueillirent la visiteuse avec des sentiments antagonistes. Curiosité, amabilité. Jalousie, froideur. Indifférence. Il y en eut pour tous les goûts.

Armelle dégusta un expresso pas génial, puis fut conviée à faire un « tour du propriétaire ». Elle clôtura sa visite par un petit essai de conduite. Elle qui avait toujours nourri quelque révérence à l'endroit de celles et ceux qui manœuvraient ces encombrants engins, se trouvait aujourd'hui à en déplacer un. Et, au prix de quelques arabesques, qu'elle jugeait liminairement improbables, mais que son moniteur lui assura expédientes, l'élève-chauffeuse positionna son véhicule-école dans un emplacement qui frisait l'exiguïté.

Le temps avait fini par passer. Ces transporteurs en commun étaient, dans leur grande majorité, remarquablement hospitaliers. Mais il fallait partir à présent, sous peine d'être rédhibitoirement en retard. La plantureuse infirmière salua sincèrement ses hôtes, prit congé, et monta de nouveau dans le bus 4.

- Bonne soirée, entendit la flavescente voyageuse au moment d'emprunter descentement les marches de la double porte pneumatique.

    - Merci. A vous également. Et bonne fin de vacation.

    Armelle était enfin parvenue à s'extirper ses idées noires de la tête. En apercevant, à quelques décamètres, le cabinet médical, les pensées moroses revinrent au galop. Pas longtemps, néanmoins. La belle blonde se sentit happée en arrière. Et pour cause. Ses genoux venaient de se plier, heurtés par une paire de pieds minuscules, lui avait-il semblé.

    Dès que le bus, dont elle venait de quitter le couloir voyageurs, eut quitté son arrêt, une dame très âgée, probablement navigatrice à la retraite vu son gréement béquillaire, enrichi de spinaker et équipage (fichu et cabas), se mit dans un encéphale déjà bien alzheimeré, de traverser la chaussée. Hors signalisation protectrice évidemment. Ici et maintenant. Car c'est ainsi qu'elle l'avait décidé.

    Quand elle eut claudiqué quelques mètres, la voiture qui venait de se déporter pour obliquer à gauche l'aperçut au tout dernier moment. Trop vite, trop tard. Sa conductrice n'eut d'autre choix que de virer à bâbord toutes (l'autre bord était occupé par la voiture dont elle venait de quitter la trace aérodynamique, et le centre étant le territoire de « Tatie Danielle »). Ce faisant, son coupé Ford empiéta bien plus que licitement permis sur la voie opposée, où le flot de circulation allait bon train (des bateaux, des bus, des voitures et des trains !...), étant donné un feu vert persistant (on était pourtant pas en hiver).

Venant d'en face, le monospace Citroën, à qui elle venait de spolier une grosse moitié de chaussée, aurait pu serrer à droite. Mais sa machiniste avait aperçu, depuis quelques secondes, puisqu'elle avait entamé de la dépasser, une cycliste. Un calcul pragmatique aurait choisi de déséquilibrer la monture et sa cavalière. Mais, c'est un réflexe qui commanda sa réaction, et le C8 fit une embardée, elle aussi, « tout à gauche ».

Ce faisant, il coupa la trajectoire d'une Suzuki Bandit rouge, dont la future voltigeuse venait de mettre la poignée dans le coin, afin de se débarrasser du bouchon mobile de circulation qui refusait de s'étirer devant son saute-vent.

Le temps de réaction ultra court eut raison de toute possibilité d'évitement. La moto entra en collision avec le monospace. Mû par sa vitesse, le deux roues resta un moment vertical, avant que sa direction entreprit de dangereusement guidonner, imposant un gîte suffisant à la bécane pour que sa chauffeuse en perde une partie d'équilibre et -de facto- le contrôle. Le frêle attelage ainsi constitué lécha un vecteur directeur, dont il finit par emprunter la droite sur lequel se trouvait le point « A ». Le A d'Armelle.

Tout ceci s'était produit *subrepgacement*, dans le trois-quart arrière gauche dudit point A. Et Mel avait le regard fixé de l'autre côté du miroir.

Son ange-gardien fut Guillaume, petit bout-de-chou

de 26 mois, amoureux des autocars interurbains. Son cri strident à l'adresse du véhicule de ses rêves, attira l'attention de sa mère dans un angle qu'elle n'avait aucune raison logique de considérer. La synthèse qu'elle fit de la situation lui stimula un réflexe de fuite. Et, sans qu'elle ne sut dire pourquoi, elle poussa tout droit et de toutes ses forces sur les poignées de la poussette, cueillant au passage la femme blonde de dos, qui n'avait -de fait- pu appréhender ce qui se tramait, et, vitesse aidant, attisé la frénétique jovialité de son blondinet de Guigui, qui pensait qu'il pourchassait le véhicule géant.

Quelques secondes et mètres plus tard, la moto éjectait son amazone, qui opérait une glissade en règle. La pesanteur et la résistance que son équipement de cuir opposa au bitume finirent par annihiler un dérapage par trop incontrôlé. L'engin, lui, se coucha au sol et poursuivit sa trajectoire en raclant l'enrobé. Il finit sa course contre un arbre, non sans avoir effectué une cabriole à la rencontre du trottoir.

Quelques dixièmes de secondes plus tôt, ou en amont, c'était la catastrophe.

Comme la motocycliste, Armelle acheva son mouvement le séant au sol. Juste devant le chariot d'aluminium et de toile tendu. Dans lequel se trémoussait Guillaume qui répétait à l'envi :
- Encore, encore, encore !

Dans le feu de l'action, le garçonnet s'était

instinctivement agrippé au sac à main qui passait devant ses mimines. Quand Mel se redressa, légèrement froissée, Guigui lui tendit son accessoire.

- Eh ben, on vient de l'échapper belle, je crois. Je sais pas comment vous remercier Madame ?

La jeune maman était livide. Son opportun réflexe lui avait pompé un gouffre d'énergie. Elle était comme vidée, exsangue, les yeux surprenamment cernés de mauve. Nul doute qu'elle venait d'affronter une des sinon la peur de sa vie. Et qu'elle visualisait actuellement ce qui aurait pu, sans son instinctive présence d'esprit, se passer. La terreur rétroactive, qui la traversait à ce moment, lui conférait un visage de zombie. Lugubrement marmoréen.

C'est son petit gars qui la sortit de ses funestes songes.

- Maaammmaaan ! La dame, é te parle.

- Oui pardon, mon chéri. Madame, vous disiez ?

- Rien. Que vous êtes un ange. Et que je vous suis infiniment reconnaissante.

- Je vous en prie. Pardonnez-moi pour le choc. Mauvais réflexe.

Visiblement, la maman l'était encore... Et ne semblait pas avoir pris la pleine mesure du petit miracle qu'elle venait de réaliser.

Armelle récupéra le sac que Guigui continuait de lui proposer. Elle l'ouvrit, fouilla dans son porte-monnaie d'où elle réussit à extraire un billet de 5 euro. Elle le tendit au responsable des objets tenus (et trouvés) et lui glissa à l'oreille :

- Tiens mon cœur. Tu t'achèteras des bonbons avec. Tu t'appelles comment mon sauveur ?

Le visage poupon et déjà barré d'un perpétuel sourire du garçonnet interrogea sa maman. Le mot sauveur avait perturbé sa compréhension. Sa mère lui proposa de dire son prénom.

- Ze m'appelle Yiyom ! Méci Madame. Dit-il en récupérant le billet gris. Et sa bouille s'illumina comme un sapin de Noël. Maman, Maman, des bonbons, des bonbons...

Pendant ce temps, mamie zinzin avait traversé le fleuve agité. En sécurité sur l'autre rive, elle opéra une subite volte-face, fixant à présent la berge opposée, d'où pourtant elle venait. Ça sentait la seconde tentative de suicide, le quitte ou double, si la circulation ne s'était pas temporairement figée pour aller aux nouvelles de Peggy, la motarde, seule victime de la vieille dame sans tête.

*

Armelle entra au cabinet dans un état, elle aussi, quelque peu second.

Jules, lui, avait finalement changé d'avis. Pensant qu'en allant se reposer au camp, il serait fatalement suspect, et assailli de questions auxquelles il ne pourrait pas se dérober bien longtemps, il avait opté pour un mi-temps

247

thérapeutique : dodo et farniente le matin, boulot l'après-midi. Il sortait d'un rendez-vous, quand il aperçut la *flonde* de son pote, qu'il mit un point d'honneur à accueillir.

- Salut ma belle, comment va ?

- Bien. Mais c'est à toi que je devrais poser la question ? Pas trop de contrecoup de la radiothérapie ?

- Ecoute, ça va. Je dors comme un loir. Parfois jusqu'à onze heures-midi. Les journées, ça va plutôt pas mal et le moral aussi. Donc, je répondrai que je me porte comme un charme. Je sais que tu viens chercher Léo, il me l'a dit. Et avait d'ailleurs l'air drôlement tracassé. Une mauvaise nouvelle ?

- Mauvaise, c'est pas le terme. Ne t'en offense pas, mais je dois lui apprendre à lui en premier. Je ne doute pas qu'il t'en parle après.

- Aucun souci, je comprends. Pardon, je suis une vraie commère quand je m'y mets ! C'est son dernier patient, il devrait plus en avoir pour longtemps à présent.

- Merci. excuse-moi d'être indiscrète à mon tour, mais Léo m'a dit que tu voyais la copine de la journaliste ?

- Voyais, c'est le temps exact. Baisais, le verbe le plus juste. Mais c'est du passé. On s'est amusés un peu tous les deux quelques temps, mais ça n'ira pas au delà. Je me sens pas prêt à partager mon chez moi. On peut pas dire qu'elle ait accueilli la nouvelle avec enthousiasme, mais elle s'en remettra.

- Je vois. Tiens, voilà l'homme.

- A bientôt, cousine.

Jules posa un baiser sur le joue de Mel et passa

derrière le bureau du secrétariat pour y trifouiller quelques dossiers. Il scruta son agenda au lendemain.

Pendant ce temps, les tourtereaux étaient partis. Non sans que Léo ait salué son associé d'un clin d'oeil complice.

A peine dehors, la curiosité de Léo reprit le dessus.

- Vas-y trésor, envoie.

- Ecoute chéri, Marie avait raison ?

- A propos de quoi ? Marie, elle a cinq idées à la minute. Alors...

- T'es à l'ouest ou quoi ? La réunion chez Inès.

- Ah ouais, j'y suis. L'hypothèse que, selon elle, Nila serait à l'origine de l'empoisonnement.

- C'est plus une hypothèse, mais une certitude à présent. Ce sont ses empreintes qui figurent sur le cruchon. Pendant que le guignol qu'elle avait mandaté pour occuper le sieur Camille oeuvrait, elle parfumait ton punch au curare. Sans le coup de fil du coréen en conditionnel, on y passait tous !

- Sûrement. Putain, c'est grave ce que tu me dis.

- Je crois, oui. Et c'est pas tout. On avait aussi prélevé un cheveu de Nila quand on a visité sa chambre, car on avait également un ADN sur la jatte. Le souci c'est qu'au moment de récupérer le cheveu de la petite, un des jumeaux tchingtchong l'a fait tomber sur le siège passager. Au moment de l'insérer dans un écouvillon, y en avait deux, de tifs. On a donc confié les deux au labo.

- Le second était à qui ?

- Au départ, on en savait rien, mais en creusant... Tu te rappelles la soirée chez Inès, on est passé à l'arrière lorsqu'elle nous a ramenés. Tu sais qui a pris le siège copilote ?

- Marie, bien sûr ! Mais je vois pas le rapport.

- Inès non plus ? N'empêche que, dans le doute, elle a ramassé les deux follicules. Et le scientifique du central, lui, il en a vu un..

- Mel', tu déconnes ?

- J'adorerais. Mais pas sur un sujet aussi important. Nila et Marie sont demi-sœurs.

Avant que le court silence, durant lequel Léo remit instantanément les pièces du puzzle en place, ne devienne lourd, Armelle enchaîna :

- Du même père.

- Qui n'est pas moi !

- Pourquoi tu dis ça, chéri ?

- Parce que je sais. Et depuis longtemps, si ça peut te soulager. Quand Jade et moi avons éprouvé des difficultés à nous reproduire, j'ai été filé mon sperme à un labo dont je connaissais bien le taulier. Le verdict est tombé, sévère, mais prévisible. Et quand Jade est tombée enceinte, j'ai décidé de jouer le jeu. Je voulais ce bébé, et pas une seule seconde, je n'ai eu à regretter ce choix. Jusque là, je n'avais pas vu l'intérêt d'en parler à Marie, encore mois quand sa mère nous a subitement quittés...

Léo s'arrêta un moment. Mel avait les yeux écarquillés. Comme si elle venait de voir la vierge. Léo posa sa main sur la sienne et lui dit :

- Qu'est ce qui te chiffonne là-dedans ?

- Que t'aies pu garder ça pour toi tout ce temps.

- A qui tu voulais que j'en parle ?

- À moi par exemple ! Jules aurait pu être un bonne oreille aussi.

- Ah, je vois. Madame fait sa vexée parce que je lui ai pas confié le secret de ma vie. Dans un moment pareil, chapeau !

Léo tira un billet de son porte-feuille, le posa sur la table, recula bruyamment sa chaise, et quitta sa place après avoir saisi son blouson par le col.

Décidément, les rendez-vous autour d'un verre avaient la fâcheuse manie de se conclure en queue de poisson, en ce moment !

39

22 décembre 2010. Retour de chez le Directeur Régional.

- Alors là, je suis scié ! Asséna Mathieu.

- Putain mais Nes', qu'est-ce que t'as bien pu lui raconter au Dirlo pour qu'il se couche ainsi ? M'est avis que t'y es pas allée de main-morte, comme toujours. Vas-y, balance ma belle. Balança Benoît.

- Vous êtes bien curieux les garçons. Je sais pas si vous méritez tous deux de savoir ? Toi Mathieu, incontestablement, car je sentais que ça te contrariait velu qu'on s'la fasse mettre aussi profond. Mais toi, mon Ben', t'as pas bougé un sourcil quand l'autre despote a sorti la règle en bois pour nous taper sur les nougats. Ça te faisait rien de te faire emmancher comme ça, à sec ?

- Je l'attendais celle-ci ! C'est vrai que j'ai pas moufté. Mais, on pouvait faire quoi ? Enfin, quelqu'un de normalement constitué avait quoi comme marge de manœuvre ?

- Celle de leur la glisser par là où il s'apprêtaient à nous la mettre ! Et, tu sais trop bien qu'en pareilles circonstances, la meilleure défense...

- C'est l'attaque ! Alors, c'était quoi ta botte secrète p'tite sauvage ? Intercepta Mathieu.

Inès laissa le silence s'installer. Elle regardait son ami d'un regard bien peu laudateur. Alternant avec celui bien plus complice et mutin qu'elle réservait au Bacman.

Soudain, elle lança :

- Chez les braguettes en folie, il y avait un calepin. Je l'ai capté illico, et ai demandé à l'ami reporter, qui venait déjà de bien se faire un bon kif avec ses instantanés, d'immortaliser les pages qu'il contenait. Des fois qu'elles viendraient à disparaître, ou que leur contenu devienne subitement indéchiffrable. La dimension esthétique était, j'en conviens, fort limitée, mais bon.

- Et ?... Mathieu en piaffait d'impatience. Ben attendait silencieusement sa pitance.

- Et pas grand chose ! Quand j'ai compris qu'on était fait aux pattes si on avait pas de quoi montrer les dents, j'ai opté pour LE méga coup de bluff.

- Merde, Inès, accouche ! S'irrita Mathieu.

- Vous connaissez la théorie du « jamais totalement innocent » ? Quand j'ai été seule avec le dirlo, je lui ai dit que j'avais le carnet. Que bien sûr, lorsque je l'avais parcouru sur site, j'y avais repéré quelques patronymes qui avaient fait, via médias interposés, déjà vibré mes tympans. Que ça serait une bonne idée pour personne si certains autres noms venaient à faire la une de la presse. Quand il m'a rétorqué qu'il en avait rien à branler de mes menaces, ce furent exactement ses termes, que les responsables n'auraient qu'à répondre de leurs errances, je lui ai asséné le coup de grâce...

Inès laissa volontairement un nouveau long silence se répandre.

- Chipie ! Tu vas finir par nous affranchir, oui ou non ? Lâcha le Bacman quasi-intenable. D'un chien, on aurait dit qu'il avait la bave aux lèvres.

- Je lui ai dit qu'il devrait pas s'en « branler », comme il le disait si poliment. Parce que son nom figurait dans les listes, et pas qu'une fois, encore !

- Oh nooon ! T'es trop forte, Lieutenant.

- On dit pas aux filles qu'elles sont trop fortes Mathieu, ça peut ne pas être pris comme un compliment. Et les vexer. Même si moi, je m'en tamponne royal, vu que le poids et moi, on s'est toujours bien entendus.

- Le coup du vous y êtes aussi, j'adore ! Et il y est vraiment ?

- Aucune idée ? Pas eu le temps de le lire ce joli carnet. Rien n'est moins sûr. Mais, on s'en cire. C'est comme en finale, seule la victoire est belle, quelque soit la qualité réelle de la prestation.

- T'as raison, petite. En tous cas, tu m'a régalé. Quelques minutes de plus, et on partait un bras devant, l'autre derrière. Quand toi, en deux coups les gros, tu décides que niet ! Terminée l'enculerie. Comme Tarantino, tu ne tournes que le scénar' qui te branche. Et ça, tout au flan ! La tronche des sbires, et celle de notre empaffé de Chef valaient tout l'or du monde. J'ai kifé comme rarement. Les belles interpel' musclées me filent parfois la gaule, mais là, j'ai éjaculé dans mon cerveau !

- Les bacqueux, vous avez quand même quelques soucis dans votre tronche. Intervint Benoît le taiseux.

- Eh Ben'. Tu sais que je t'aime bien, et que ta gerce, c'est mon idole. Mais gaffe un peu à ce que tu dis sur la Bac, parce que je pourrais bien perdre un peu de la bonne humeur que miss Inès m'a rendue.

- Enfin, je me comprends. On va pas lui ériger une statue parce qu'elle a mis à genoux le dirlo, quand même !

- Limite si, mec! T'en trouveras des meufs qui en ont autant dans le froc, et qui ont un sacré beau petit cul comme elle. Allez, décompresse mon gars. En procédure, t'as toujours été un mentor, mais ça empêche pas que la petite, elle biche grave. Ça te retire rien à toi. Nous la joue pas vieux jalmince aigri !

- Bon, on arrive les coqs. Serrez-vous en cinq parce qu'on va avoir du boulot dans les jours qui suivent. Et ça serait débile de se la jouer perso sur un dossier aussi appétissant. Pour une fois, ça change de nos viols de biturines, de nos macchabées de pochetrons et de nos braquos de solitaires cagoulés et gantés, où on gratte des plombes pour trois pauvres nèfles à l'arrivée. Là, au moins, on risque de se faire plaisir.

- Sans rancune Ben'. Mathieu serra la louche de Benoît. Inès tendit sa main au flic de la Bac, qui l'attrapa et en profita pour attirer l'officier de Police vers lui. Il serra Inès dans ses bras et lui colla un baiser appuyé sur la joue, en ajoutant : Dorénavant, t'es une princesse au pays de la Bac, une reine dans notre royaume.

- Rien que ça ? Grommela Benoît.
- J'aime quand il fait son possessif comme ça. On vous sollicite dès qu'on a besoin les gars. T'avais bien remercié tes gars pour l'opé ?
- Bien sûr, miss.
- Parfait. Alors, prends soin de toi, Mat'.
- Tchuss les tourtereaux...

Mathieu s'éloigna, chemise ouverte, veste et cravate pendantes à la main. C'était un vrai beau mec. Pas étonnant qu'il enfile les nanas comme les fillettes des perles. Inès ne put réprouver cette métaphore.

- Si je suis de trop, faut le dire !
- Sois pas con, Ben. C'est juste que ce Mathieu, je l'aime bien...
- Pas besoin de le dire. Quand t'apprécie quelqu'un, c'est écrit sur ta tronche ! Et puis, le petit « Mat' » pour finir, c'était le pompon.
- Si y a des nanas que ça excite que leur mec fasse le jaloux, c'est pas mon cas. Alors, te fatigue pas. Mais maintenant qu'on est seul, tu peux me le dire que t'es fier de moi.
- Ben non, je peux pas ! A présent, on va être épié sur tout ce qu'on fait. Surveillés comme le lait sur le feu. Et

le dossier, on a pas intérêt à se planter, car le Juge d'Instruction, y a pas à en douter une seconde, aura pour mission de nous défoncer si on se loupe.

- Non mais je rêve, là ! T'as laissé ta paire de couilles au bureau ou quoi ? C'est quoi ce chef de Groupe Crim' qui a peur de son ombre. Que t'aies pas bronché chez le Directeur, passe, c'est plus mon rayon le rentre-dedans, mais que tu mouilles ton calfouette pour traiter un dossier aussi carré que celui-là, qui plus est, avec une belle C.R.* contre X, c'est à dire avec coudées franches absolues, ça, ça m'flingue.

Inès fit mine de s'effondrer. Ce qui ne fit pas rire du tout son jules, resté placide.

Ce fut la goutte d'eau. Inès se releva de son déséquilibre et avala quatre à quatre les marches conduisant au couloir de la Crim'. Bosser avec une chiffe molle sur une affaire comme celle-ci, c'était la loose. Elle posa son boléro sur un cintre, vira son pantalon de lin et ses mocasses.

Quand Benoît atteignit le bureau, elle était à moitié à poil. En chemisier et boxer.

Jean, pull, bottines, ceinture, cuir. Brême, pétard et menottes. De nouveau opérationnelle, elle abandonna le bureau sans mot dire.

* *C.R. : Commission rogatoire. Ordonnée par un Juge d'Instruction, elle offre un cadre d'enquête très coercitif, qui plus est, lorsqu'elle est délivrée contre X... et non contre une personne nommément visée, à laquelle s'applique des droits qui réduisent le champ d'action des enquêteurs.*

40

Mardi 28 décembre 2010 – 12h25.

- Salut petit diamant. Je suis rentré.

Pas de réponse.

- Mariiie ! T'es là ? T'es branchée sur ta zique ?

Nouveau silence.

Il ne fallut pas longtemps à Léo pour faire le tour de son appart', et constater qu'il était vide.
Très vite, compte tenu des nouvelles récentes, il subodora qu'il y avait là quelque chose d'anormal, inquiétant même. Il composa le numéro de téléphone de sa fille. Boite vocale.

Nouvel essai. Nouvel échec. Il comprit.

Pianota instinctivement le dix chiffres de Benoît, avant de s'en mordre instantanément les doigts. L'inquiétude était mauvaise conseillère. Pour ce genre d'affaire, il fallait frapper vite et fort, ce qui induisait d'être « border line » en permanence. Ben, et sa très difficilement corruptible conscience, était donc loin d'être l'interlocuteur idéal. Plutôt que de lui raccrocher au nez, Léo se contenta de lui dire que Marie n'était pas encore rentrée, sans lui préciser qu'elle ne répondait pas aux appels. Il n'avait pas noyé le poisson, mais l'avait momentanément estourbi !

A peine raccroché, il contacta Jules, qui en train de rentrer chez lui. Logiquement, son ami se détourna pour le rejoindre. Notablement inquiet, Léo sollicita également Inès. Messagerie. Merde ! *Inès. Quand t'écouteras ce message, merci de me rappeler au plus vite. Marie n'est pas à la maison. Elle répond pas à son bigo, ce qui n'est pas du tout dans ses habitudes. Je crains qu'il y ait du Nila là-dessous. Et tu comprends que ça me fasse pas rire, vu le niveau de givrage de c'te gamine. Rappelle-moi s'il te plaît.*

Jules débarqua au loft passablement essoufflé.

- Putain Léo, c'est quoi ce bordel ! Tu crois vraiment que ça craint ?

- Carrément ! Vu comment elle est timbrée la petiote, Dieu sait ce qu'elle aura encore mijoté.

- T'as appelé qui ?

- Toi. Inès. Qui répond pas elle non plus. Et Ben. Mais lui, je l'ai enfumé. Lui ai quasiment rien dit. Juste que

Marie n'était pas rentrée.

    - T'as bien fait. Tu veux qu'on appelle Denis ?

    - Ma foi. On sera pas trop de bonzommes.

    - Allez...

    Pendant que Jules laissait, lui aussi, un message sur la boite vocale de Denis, le téléphone de Léo sonna. C'était Inès.

    - Salut Inès. Merci d'avoir rappelé...Comme tu dis, ça pue. Je suis inquiet... Non, je lui ai quasiment rien dit à lui, uniquement que je m'inquiétais car Marie était pas rentrée... Ah, c'est pour ça que tu répondais pas à la volée. Je vois. Pas grave au moins ?... Oui, viens si tu veux. Jules est là. On se répartit les tâches. On t'attend... Pas eu lui, non plus. Boite vocale... OK, à toute.

    L'histoire se répétait.

    Denis était sur vibreur. Et, vu sa position de chasseur à l'affût, il ne pouvait pas répondre.

    - Jules, c'est moi Denis... Je sais que tu as appelé, mais je pouvais pas te répondre car je suis en filoche. Tu te doutes de qui ?

    - Nila et Marie ?

    - Et ma couille ! Un gonze un peu plus âgé que Nila, avec qui elle a l'air de s'entendre comme lardons de foire. Le minot est artillé et... Attends... Silence. Bruits imperceptibles de fond sonore.

    Jules en chuchotant : C'est Denis, il est au cul des

filles. Je vous raconte quand j'en sais un peu plus.

- ... Ouais, j'disais ? Ils sont chauds comme des baraques en briques, les deux autistes. Marie, elle, est menottée, et couchée sur la banquette arrière, à moitié cachée sous une couvrante. Pas de bobo, sur le peu que j'ai pu voir. Je disais quoi ?
- Que le mec qui accompagne Nila est enfouraillé...
- ... et a l'air défoncé comme une star de la pop. Voila pourquoi j'interviens pas pour le moment. Je veux juste savoir où y vont se poser, pour qu'on puisse en parler tranquillement avant de faire quoi que ce soit. Ce serait ma fille, j'aimerais pas que les autres interviennent sans m'en causer. Je dois te laisser, Jules. Je rappelle dès que ça s'arrête. Là, je peux pas suivre incognito en téléphonant. Mets les jumeaux en alerte. Et quelques autres, au camp. On aura besoin de tout le monde s'ils vont bien où je pense. Salut.
- Sal...

Denis avait raccroché. Et Jules rendu à Léo tout ce qu'il savait. Entre-temps, Inès avait déboulé, hirsute. Y avait tempête sous un casque. La moto avait du méchamment vrombir !

- Putain de petite follasse de salope ! Celle-ci, quand je vais la pécho...
- T'as raison 'Nes. On choisit ses amis... Lui rétorqua Jules.

Léo se contenta de lui claquer la bise.

- Bon, qu'est-ce on fait ?
- Rien pour l'instant. Intervint Léo. Jules est en contact avec Denis, aux trousses des nanas.
- Comment il fait ça lui ?
- Aucune idée, ma belle. Il a simplement dit qu'il avait pris en filoche Nila, laquelle était accompagnée d'un gonze, qui visiblement, a une tire. Le gazier aurait un feu et l'air aussi branque que l'autre débilasse. Denis pouvait par s'éterniser et conduire discrétos. Pas plus qu'il ne fera quoi que ce soit sans concertation. Il rappelle dès que le convoi stoppe à quelque part et qu'il est en mesure de jacqueter. Précisa Jules.
- Dis Julius. T'as pas un ou des pistolero qui pourraient aller suppléer l'ami Denis dans sa traque. Parce qu'avec une seule voiture, il risque de finir par se faire retapisser, notre ami polak.
- On doit pouvoir trouver ça en magasin. Les élastic brothers peuvent s'y coller. Un en moto, l'autre en chignole passe-partout. Je les ai activés. Dès que le Denice nous en dit un plus, je les envoie.
- Et nous, on fait quoi ? On va pas rester là comme des truffes ? piaffa Léo. Y a quelques décennies, on serait resté à côté du gros téléphone à la sonnerie de la mort. Mais aujourd'hui, on peut bouger notre fion, se rendre utile quoi ! De toutes façons, moi, faut que je bouge.
- Quatre ou deux roues ? L'interrogea Inès.
- Va pour deux. T'as un bol pour moi ?
- J'avais prévu. Il est attaché sur le flanc de la selle.

Et toi Jules, tu fais quoi ?
- Johnny passe me récupérer.

Léo prit place derrière sa pilote. Il posait sa semelle droite sur le second cale-pied quand il vit Armelle arriver devant l'immeuble. Il leva sa visière. Sa *réalouse* l'avait notablement contrarié, particulièrement dans un moment pareil. Il attendit que sa dulcinée déplace un pion sur l'échiquier conjugal.

- Marie ?
- Oui. Absente et débranchée.
- C'est tout. Pas d'infos ?
- Si. Nila et un majeur l'ont, semble-t-il, enlevée. Le gars serait armé, et pas bien net. La loose, quoi...
- Je vois ça ! Je peux me rendre utile ?
- Pour l'instant, je crois pas. Mais je te tiens au parfum. Informe quand même tes marmots chez leur père, par précaution. Faut qu'on file. A plus.
- Chéri. Ecoute, pour toute à...

Armelle n'eut pas le temps de finir sa phrase. Déjà la fin du propos de Léo était quasiment inaudible, tant la motocycliste était dans les starting... Le roadster démarra tellement comme une balle que son passager arrière dût temporiser quelques instants pour abaisser sa visière. Il avait trop besoin de ses deux mains pour se tenir derrière son amazone.

41

« Le Procureur de la République retrouvé mort chez lui. »

Titrèrent, le jour de Noël 2010, les informations locales.

Pas de détails pour le moment.

Probablement un suicide, s'aventurait la rédaction.

*

A l'issue de quelques heures de garde à vue, qu'il estima éternelle (toujours plus long quand c'est pour soi...), et malgré les efforts démesurés d'une certaine Mlle Devault, le magistrat mis en cause, sortit libre du central. Et regagna ses luxueux appartements, qu'il ne quitta jamais plus. Dixit « radio concierge ».

« Auto-strangulation. » Conclura le Docteur Vaugembont, Médecin légiste expert près la Cour d'Appel de Riom.

42

- Perret, j'écoute... Qui ?... Tain, j'entrave queue dalle avec ce kit de merde !... Attends, je me gare... Inès coupa les gaz. Oui, Mathieu, parle... Nila... Pas de nouvelle... Aucune idée... Oui, oui, si j'ai quoi que ce soit, je te phone.

- Forcément, il faut le mettre au parfum. Intervint Léo.

Inès releva les épaules en guise de confirmation.

- C'est la grosse grosse merde. Si on lui fait un petit dans le dos au Bacqueux, on pourra plus s'offrir le service de ses soldats. Je sais pas exactement comment faire ça, mais faut absolument le mettre dans la confidence.

- Impossible de lui parler de la mexicaine chez lui. Et comment lui amener qu'un de nos mercenaires enquêtait sur la petite névrosée ? Mais au fait, comment Denis a fait pour la pister ?

- Aucune idée mon Léo. Comment il se retrouve à ses basques, Dieu seul et lui le savent. Une chose dont on peut être quasi certain, c'est qu'il était pas là par hasard. Le hasard et « mains d'or », ça existe pas.

- Mains d'or ?

- Oui. Un jour, je t'expliquerai.

Nouveau coup de démarreur. Deux demi-tours de la poignée droite.

Re téléphone.

- Ça s'arrêtera pas ?...

- Vaut mieux, en même temps. s'autorisa Léo.

- Ah Denis... Vas-y mec, raconte... Silence. Concentration... Comment tu le sens, toi ?... Nouveau calme... Bon, j'en parle à Léo et Jules. Et on te rappelle.

Jules les avait rejoints. Léo attendait. Inès narra ce qu'elle avait appris.

- Sont entrés dans la cour d'une villa, un ancien hôtel particulier du quartier des fleurs, que squattent de temps à autre quelques tox, le temps que le proprio envoie des mercenaires virer toute ce beau monde manu militari. Ça parlemente en ce moment. Si ça repart, Denis pense qu'il faut intervenir pendant que ça roule, car c'est le moment où le mec réputé le plus dangereux est relativement « empêché ». Si jamais ils rentrent dans un dom', on avisera.

- Ça me paraît pas mal comme décision. T'en dis quoi, toi le père ?

- De façons, faudra bien aller au contact. Alors, compte tenu de l'état de Nila et du marlou, autant pas attendre l'incident de parcours. Je valide. Mais, j'ai grave les foies, les amis...

- On en mène pas plus large. Répondit Inès. Avant d'ajouter : quand ce sont des anonymes, on gaffe, mais on est plus rilax. Là, c'est chaud-bouillant, car tout le monde l'aime ta p'tiotte. Mais, si on tape en mouvement, on gagne en effet de surprise et les premières secondes sont pour nous.

- On sait si Marie a son portable ? Même si elle y répond pas.

- On peut demander. Pourquoi ?

- Parce que si on va au contact, c'aurait été bien qu'on puisse la prévenir.

- T'es ouf ou quoi ! Si l'appareil est plus en sa possession et que les deux maboules apprennent ce qu'on mijote, y vont péter un boulon... Oublie ça Léo. Objecta Jules, alors qu'Inès acquiesçait d'une moue contrite.

- Vous avez raison, pardon. On attend donc de voir ce qu'ils décident ?

- C'est ça. Confirma miss Perret.

Inès portable, troisième.
- Alors ?
Léo :
- Quoi ?
- Attends Léo, s'te plaît.
- Pardon.
- Les jumeaux t'ont rejoint... Bon, cale-toi avec eux, nous on radine. On va intervenir tant que la petite est dans la caisse et qu'y a pas de danger immédiat. T'es bien sûr que Marie est seule dans la tire ?... Ça va... Fais-ça, Denis, on

arrive.

Signe de tête de Léo et Jules en guise d'approbation.

Inès redémarra en trombe. Jules essaya de suivre.

Le tél de Léo sonna.

Vu le rythme auquel envoyait Inès, impossible de lâcher une main. Ça attendrait. Arrivée sur zone. C'était Armelle, inquiète. Ça attendrait aussi. Il n'y avait rien à lui dire de plus.

Mini-réunion de crise. Intervention imminente pour extraire la petite. Et investissement de la bicoque.

La suite... On naviguera à vue.

43

Inès bouillonnait. Un autocuiseur aurait été tiède en regard.

Avec les jumeaux et le second binôme gitan, elle avait pour mission de sécuriser la maison. Et faire les prisonniers éventuels.

Léo, lui, devait récupérer Marie. Assisté et protégé par l'ami Denis.

Jules était en torche. Périmètre médian. Sa mission : prévenir toute intrusion sauvage. Il serait l'œil périphérique, que ceux qui seraient dans le feu et au cœur de l'action ne pouvaient avoir.

Tout était calé. Inès s'apprêtait à donner le top,

lorsque le vibreur de son smartphone l'alerta.

- Chier, je réponds pas ! Tenta-t-elle de se convaincre.

Mais ce fut plus fort qu'elle, et d'autant plus lorsqu'elle vit affiché sur l'écran « Papa »...

- C'est pas le moment du tout, mon papounet !

A l'autre bout, c'est une voix chevrotante, mais féminine, qui lui répondit :

- Chérie, c'est moi, Irène, ta maman...

- Qu'est-ce qu'il y a m'man ?

- C'est papa...

Inès entendit sa mère fondre en sanglots.

- Quoi Papa ? Mamaaan, calme-toi s'il te plaît. Et parle moi.

- Il vient de s'effondrer sur la dernière marche de l'escalier.

- Noooooonnnnn !.. Inès prit une seconde pour recouvrer son sang froid. Maman, écoute-moi. Ecoute-moi attentivement... Prends son pouls. Maintenant. Et dis-moi s'il respire.

Silence.

- Je sais pas... Je crois... Mais c'est faible.

- Maman, retourne-le sur dos...

Léo lui emprunta le téléphone.

- Madame Perret, ici Docteur Talon. S'il vous plaît, vous allez m'écouter attentivement et essayer de faire exactement ce que je vais vous dire... Et nous, on arrive au plus vite.

Entre temps, Jules, qui avait tout capté, était en ligne

avec le S.A.M.U. Quand il eut raccroché, Léo enfila son casque et fit signe à Inès qu'il fallait y aller. Inès l'interrompit :

- On peut pas laisser Marie ici. Toi, tu restes.

- L'urgence est chez toi. S'il en voulait aux jours de Marie, elle serait déjà... Léo n'eut pas le cœur à finir sa phrase. Et puis, on l'abandonne pas, on la remet entre les mains de ceux qui restent, à qui je fais entièrement confiance. De toutes façons, on n'a pas le choix. Mets ton casque et dropons chez tes parents. Combien il nous faut ?

- Moins de 5 minutes.

- Si ta mère assure, dimanche on déjeune chez toi avec Marie et la fine équipe.

- Toi, t'en es un putain d'optimiste !

Inès se protégea la tête. Jules fit OK à Léo. La moto laissa un demi-pneu de gomme sur l'enrobé.

45

A deux reprises, Léo pensa qu'il ne reverrait pas sa fille. Ni même personne d'autre.

Un camion de livraison sorti de son stationnement sans crier gare.

Et une attelage enfantin, lesté de 3 garnements, dont la pousseuse laissa échapper un de deux lests bambins cheminant à ses côtés. Le garçonnet traversa la rue d'une foulée aussi légère qu'hésitante. Mais sans l'ombre d'une crainte.

Pour le camion, qui prenait toutes les couvertures, la pilote n'eut d'autre choix que le trottoir, heureusement quasi désert à cet endroit, pour y improviser un gymkhana d'une précision diabolique.

S'agissant de la tête blonde minifugante, la moto se

cabra tel un étalon arraché à son enclos de naissance, serpenta anarchiquement, comme si personne n'en avait maintenu le guidon, avant de reprendre une trajectoire plus académique. La femme à la poussette hurla à la mort, fort heureusement pour rien. La cavalière, qui tenait de main de maître les rênes des chevaux moteur, resta, elle, stoïque. Cette nana avait du sang de reptile dans les veines.

La dernière frousse de Léo eut comme cadre le gravier de la propriété Perret. Mais là encore, plus de crainte que de mal.

Le couple monta les escaliers quatre à quatre. Donc huit à huit ! Soixante quatre ?

Irène était en train de pratiquer le bouche à bouche à son homme. Elle n'en pouvait plus. Léo l'en écarta délicatement, tout en la congratulant. Une pince digitale sur la veine du poignet, il enchaîna quelques insufflations avant de passer à une série de cinq massages cardiaques.

Madame Perret essuya les carreaux de ses lunettes, noyées par le torrent de larmes qu'elle n'avait su endiguer au cours des minutes éternelles qui avaient précédé l'arrivée de sa diablesse.

Le S.A.M.U. fut réactif.

Irène, malgré sa terreur de voir son mari lui mourir dans les bras, fut parfaite.

Quand c'est pas le moment...

46

Léo s'entretint un bref instant avec son confrère. S'enquit de savoir s'il pouvait encore aider. Pas nécessaire, tout ce qui pouvait être utilement fait l'avait été.

Inès voulait repartir sur le dispo, mais Léo l'en dissuada. Sa place était ici, auprès de son père et de sa mère, pas assez solide pour rester seule à l'hôpital.

Léo enfourcha le roadster.

Des lustres qu'il avait pas pris le guidon d'un gros cube. Il fit le chemin inverse, sans croiser les doigts. Il en avait trop besoin pour maîtriser la puissance de l'engin. Néanmoins, là où la garçonne en avait utilisé cinq toutes petites, Léo mit une bonne huitaine -presque neuf- de minutes à rejoindre la ruelle, d'où il s'était échappé il y avait une bonne heure.

En arrivant devant le portail, il aperçut Denis et Jules agenouillés autour de la voiture. Avec eux, deux sumos bleu-nuit, emmitouflés comme des maître-chiens, mais qui auraient attendu une attaque de molosses géants. A bave acide, puisqu'ils étaient masqués.

Qu'est-ce que c'est que ce cirque ? pensa intérieurement Léo.

Jules l'avait vu débarquer.
- Alors ?
Léo fit un signe de tête qui se voulait rassurant.
- Tu peux venir, Léo. Je crois que ça fera du bien à Marie de voir ta truffe. Elle a déjà pas compris pourquoi t'étais pas là au moment de l'assaut, alors...
- C'est qui ces gonzes ?
- Ben, tu vois bien, des démineurs ! Une fois la baraque investie, je me suis occupé de la bagnole. Sauf qu'au moment de fraquer la lourde, j'ai aperçu une loupiote clignotante, pas normale sur un caisse aussi vieille. Avant de tout péter comme j'aurais adoré, j'ai fait un tour de la poubelle, et trouvé un capteur de vibrations, qui doit déclencher le mécanisme explosif en dessous, si on cherche à entrer comme des porcs dans l'habitacle. Intervint Denis.
- C'est des flics alors, les gus ?
- Devine. Tu penses qu'on avait le choix ? On a même dû appeler Ben. Qui a radiné avec le déminage.
- Il est là alors, le beau gosse ?

- T'es con ou quoi, Léo ? Reprit le polonais à quatre pattes. C'est la fliquette qui t'a cramé la cafetière ? Ou, c'est ton tour de bécane qui t'as mis les neutrons à l'envers ? Pour sûr qu'il est là, et il tire un peu le museau. A l'intérieur. Tu peux y aller voir. Ça été un peu le Bronx quand on est rentré, mais depuis que les schmidt sont arrivés, c'est trop calme pour être honnête.

- Quel Bronx ?

- Ben, tu penses pas qu'on est entré dans la bicoque en posant nos pompes, mettant des patins et disant bonjour, s'il vous plaît merci ? L'embrouille, ça a été quand Benoît a découvert qu'y avait aucun poulet dans l'expédition.

- Tu m'étonnes ! Il a du faire beau, le père la vertu. Bon, je vais le saluer.

- Et te prendre une danse !

- Qu'il s'y essaie. S'il croît que ça me fait plaisir de jouer les mercenaires pour aller récupérer Marie... Allez, c'est parti.

- C'est ça, vas-y, toubib. On gère le gros pétard nous.

Léo fit les quelques pas qu'il manquait pour rejoindre le perron de la baraque. Une fois passé la porte d'entrée, il constata qu'il y avait eu un peu de casse domestique. L'immense miroir de l'entrée était puzzlisé. Le billard français avait les quatre fers (bois en l'occurrence) en l'air. Et le luminaire en cristal en avait perdu, de son lustre ! Il avait fait comme une pelade réactionnelle.

La double porte du salon avait, elle aussi, accusé un sérieux coup de moins bien. Le montant droit était partiellement dégondé, ce qui avait provoqué l'arrachement des deux axes de rotation supérieures. Quelques carreaux avaient explosé dans le feu de l'action.

Derrière elle, se jouait une scène surréaliste :
Nila et son mentor était couchés à terre, face au sol, menottés. Deux rastas gisaient dans leur raisiné, sur un antique et fort kitch sofa. L'un couché sur le flanc, l'autre assis le plus normalement du monde. Les deux étaient perforés. Le premier d'une tige de métal gris foncé, avec trois ailettes arrières, dépassant de son pectoral droit. Le second, qui était resté assis possédait dorénavant, à la place de la cavité orbitale gauche, un cratère qui devait certainement avoir été creusé avec du calibre pour gros gibier. Aux pieds de celui-ci, et encore sur l'assise du canapé, devant le second black, deux kalachnikov, chargées.

En périphérie de ce noyau central, deux groupes d'hommes se faisaient front. Ça fleurait bon la tentative d'intimidation de part et autre.

Côté terrasse, les jumeaux Jimmy et Johnny, Dylan et Bruce, deux pensionnaires du camp, spécialistes en arts martiaux, mais jouant encore assez habilement du pistolet-mitrailleur. En appui de ce quatuor, et dans leur dos, Partik et Tony braquaient, face aux adversaires, l'interminable et ajouré canon d'une mitrailleuse portable militaire. Si ça venait à canarder, le préposé à la pétoire enverrait gros de purée.
Les cibles désignées des gitans n'étaient autres que des flics. Benoît, Nono, Bébert, le corse, Jean-Luc et Brutus.

La liste sera complète en précisant qu'il y avait aussi Mathieu, Pierrot et Jacques, triumvirat de la Bac.

Léo ignorait depuis quand cet arrêt sur image avait lieu. Il décida d'essayer d'y mettre un terme en prenant la parole.
- Vous jouez à quoi, là ? Au cas où vous l'auriez pas remarqué vous êtes tous là pour la même raison : sortir des pattes de ces deux tarés (en montrant Nila et Greg) ma fille Marie. Mathieu fit la moue. Je rappelle aussi, qu'il y a quelques jours, une quinzaine de personnes dont je fais partie, auraient pu y rester, toujours à cause de cette démente (toujours en désignant Nila). Moue numéro deux... et peut-être d'autres. Alors, soyez gentils, rangez-moi tout cet arsenal. Ben, Partik, vous voulez bien venir avec moi, faut qu'on parle.

Comme il ne s'attendait pas à pouvoir dire tout cela sans interruption, il avait fait en sorte de de se positionner de façon stratégique, au milieu de la pièce, dans la ligne de mire croisée des deux clans. Le risque était gros, mais, pour l'instant, s'avérait payant.

Partik et Benoît donnèrent leurs instructions : Cessez un feu qui ne s'était pas encore déclaré.
Et suivirent Léo dans le hall.

- Bon, je sais pas ce qui s'est passé à la prise de la bastide... mini-pause... OK, l'humour, on verra une autre fois. Alors, qui me raconte ?

- Pas moi, je suis arrivé qu'il y a 10 minutes. Lança Partik.

- Pas mieux ! C'est Denis qui m'a prévenu à cause des explos. Sinon, tu penses bien que j'en aurais su peau-d'balle. On n'était pas invités. Et tu le sais bien, toi mon Léo, puisque t'en étais là, toi au décollage.

- En effet... Léo fit une nouvelle halte... Mais, j'ai dû m'absenter.

- Comment il va ?

- Moyen, mais ça sera pas pour cette fois-ci. C'est vrai qu'on t'a volontairement écarté Ben, et tu sais parfaitement pourquoi. Y avait aussi le souci de Mathieu. Comment lui expliquer le bin's ? Bref, on pensait pouvoir régler ça à l'ancienne, et raconter une belle histoire ultérieurement.

- C'est arrangé, en effet ! Y a qu'à voir les deux blacks...

- C'est qui qui les as refroidis, eux ?

- Les jumeaux, d'après ce que j'en sais.

- Et Nila et l'autre cintré, qui les as pincés ?

- Le second binôme, pardi.

- Et vous ?

- Nous, quand on est arrivés, les rastas étaient déjà repassés. Et la fine équipe se préparait à embarquer avec les deux prisonniers. Certainement pour nous les livrer ?

- Ben, tu crois que c'est le moment ? De toutes façons, c'est plus la question maintenant.

Partik, qui n'était presque pas intervenu jusque là, se permit :

- Bien au contraire, ça l'est plus que jamais. Ce sont nos prisonniers.

- Vos prisonniers ? Non, mais ça va pas non ! Objecta Benoît.

- Eh, les gars, les gars. On peut pas continuer à camper sur chacun sur nos positions. Va falloir que tout le monde y mette du sien et fasse un effort. Sans compter que j'ai une autre préoccupation, moi. Ma petite est encore pas sortie de l'auberge. Alors, putain, faites pas chier ! se mit-il à hurler.

L'intonation venait à peine de retomber que la porte en bois et fer forgé opérait un rayon quart de tour (et non de fermeture) éclair, mue qu'elle venait d'être pas la semelle du polak, avant d'aller s'éclater contre le mur.

- Qu'est ce qu'il y a, là ?

- Tout doux Denis, je gère. Pardon, je me suis un peu agacé. Ils en sont où nos amis ? Jules est resté là-bas ?

- Ah, c'est tes amis maintenant ? Ironisa Benoît.

- Il se croit drôle, le bellagio ?

Instinctivement, Ben descendit sa main gauche à hauteur de ceinturon.

- N'y pense même pas, cow-boy ! lui intima Denis.

Ça sentait toujours autant le souffre. L'ambiance était irrespirable.

- Vont pas tarder à s'y filer. Ils ont réussi à glisser par une fente un bouclier éventail à Marie pour qu'elle se roule dedans. Avec les pinces, c'est pas pratique, mais elle est souple ta miss. Le premier démineur va ventouser la porte pendant que son pote viendra faire lui-même un sur-bouclier à ton héritière.

- Putain, quand même !

- Pas le choix. Le système n'est pas neutralisable. Pas de compte à rebours. Mais pas de possibilité d'arrêter le processus sans tout faire sauter. J'ai bien fait de pas y foutre mes pognes.

- Ils nous préviennent quand ça démarre ?

- Tu m'étonnes ! Avec ce que ça va envoyer, vaut mieux prévenir les énervés de la gâchette qui attendent dans le salon. Et Julius et ma pomme, faut pas qu'on traîne à côté parce que ça va souffler pis qu'aux soixantièmes rugissants...

- Partik, Ben, allez prévenir vos hommes que ça va faire du barouf. Que ça leur déclenche pas des envies de sulfater.

Pendant que ces derniers retournaient au salon, Léo se confia à Denis :

- Je crève de trouille, mec ! J'espère qu'ils sont bons, les sumos. Et pour le reste, on va faire quoi ?

- Je t'y aurais tout fumé si ça avait été moi qui avais eu la main, ç'aurait été plus simple.

- La petite cintrée aussi ? C'est quand même la demi-sœur de Marie !

- Demi-sœur ? Un seau de merde ouais ! Vaut mieux être fille unique que d'avoir une foldingue comme ça comme sister. Les toubibs, des fois, vous avez de la merde dans la turbine à idées. Enfin, tu me comprends, toubib. Cette gerce, ça sera un boulet éternellement. L'asile ou la taule. Merci du cadeau, Papa...

Denis aurait bien continué son concert de louanges, mais les chefs de clan revenaient au contact.

Il fit demi-tour et ressortit de la maison. Se posta sur l'ultime marche du perron, sortit son portable, et prépara le mode vidéo.

47

Le meilleur dompteur du monde aurait échoué. La lionne ne tenait plus en cage.

Quand le corps médical eut définitivement rassuré Madame Perret, celle-ci prit la tête de sa fille entre ses mains et lui dit :

- Il est entre de très bonnes mains à présent. File rejoindre ton ami Léo, au lieu de te ronger les sangs ici. Tu reviendras quand ça sera réglé.

- T'es sûre m'man ?

Le regard maternel valut tous les feux verts du monde.

Peu furent de cette teinte sur le trajet envers. Aucune

importance, Inès traça comme si elle était sur une autoroute.

Relégué au simple rang de voyageur, le yuppie faillit faire une syncope, et avaler son cigare. Voilà ce qu'il en coûtait de driver une Skyline GTR dans les allées d'un établissement hospitalier duquel Inès devait prendre congé au plus vite ! Quand il aurait repris un teint de vivant, il aurait des choses à raconter, ce soir, à sa bimbo. Pour le moment, bien qu'en apnée quasi permanente, il découvrait les performances réelles de son coupé japonnais, aux mains de la policière qui, sur l'autel de la réquisition en urgence, lui avait « gentiment » emprunté. Comme dans un état second, et bien qu'aux commandes d'une sportive qu'elle n'avait jamais essayée, Inès se révéla fichtrement véloce. Un quart de tour frein à main, immobilisa le bolide nippon. Ni merci, ni merde. La petite sauvage bondit du siège baquet et se précipita dans la cour.

Le vidéaste amateur la vit entrer à toute allure dans son champ.

Or, comme elle ignorait tout ce qui se passait dans la voiture dont Marie était prisonnière, et sur laquelle les démineurs s'apprêtaient à intervenir, Denis eut peur pour Inès. Dans sa précipitation, moins lucide, il lâcha son téléphone, et s'élança à son tour en hurlant :

- « Inès, nooooonnnnn ! »

48

Des fois, faut pas grand chose.

Ils étaient tous redescendus d'une grosse marche sur l'escalier de l'excitation. Mais le prénom d'Inès, déchirant l'atmosphère, fit immédiatement tilt dans le cortex de Mathieu, qui ne put refréner une pulsion de curiosité. Il fit mine de partir. Grosse erreur.

La gigantesque déflagration qui retentissait au dehors, s'accompagna d'un concert de pistolets automatiques et mitrailleurs au saloon.

S'en suivit un calme d'une pureté absolue.

Un silence assourdissant.

49

Mathieu et Jimmy furent les seuls rescapés.

Quand Benoît comprit, il ne chercha même pas à intervenir. Il regarda Léo d'un air impavidement fataliste. Partik, lui se précipita à l'intérieur, faisant ainsi la dernière victime.

Léo bondit à l'extérieur.

La vieille corsa était coupée en deux. Sa progéniture restait invisible. Son bodyguard inerte.
Et trop lourd pour être déplacé par une fillette presqu'adolescente.
Léo le tira par le col, parvint à la faire glisser, et aperçut, enfin, Marie qui souriait.

Le démineur était mal en point. Léo lui ôta le masque, décolla à grand peine l'armure de kevlar hyperserrée, et l'homme reprit un souffle de vie.

Denis avait eu le temps de rejoindre Inès, et la serrait dans ses bras. Mais l'étreinte s'étiola bientôt. Une pointe de carrosserie s'était déchirée sous le blast, et avait harponné le slave occidental entre les omoplates. L'hercule se mourait.

Quand il fut à ses côtés, Léo comprit que la pointe de la flèche par destination était aussi plantée dans l'abdomen d'Inès. Il hurla à Benoît de radiner.
Jules dégagea Marie, qui lui sauta instantanément au cou.

Pendant que le Lieutenant Decajoux démarrait le break de chasse de feu Partik, Léo installa, aussi délicatement que possible les enlacés dans la malle, et se jeta sans ménagement sur le siège arrière. Deux fois qu'il devait quitter la scène. Il jeta un œil désolé à ceux qu'il aimait. Ben ne se fit pas prier pour écraser le champignon, oubliant, pour l'occasion, ses principes.
Le passager arrière valide le pria juste d'éviter au maximum les secousses, un exercice de style, dans lequel Ben se révéla plutôt adroit.
Quand la Volvo s'immobilisa devant le halo lumineux des Urgences, deux équipes étaient prêtes à accueillir les entrants. Les chir' rappliquèrent dans un temps record. L'interne de garde et Léo étaient déjà à pied d'œuvre sur Denis.

- Quelqu'un sait s'il avait de la famille ? questionna un Léo en nage.

- Pas d'enfant. Mais, sa mère Walentyn doit toujours être en vie. Et ses sœurs, bien sûr. Renseigna Jules.

- Et Inès ? Demanda Ben.

- Vladimir l'a opérée. Elle est stable. Dans une petite dizaine grand maxi, elle pétera le feu.

Marie, qui avait été prise en charge sur place, et conduite ici, avait été placée en observation. Elle aussi, était tirée d'affaires.

Les deux démineurs avaient été bien chahutés. Ils

auraient droit à quelques jours de congé maladie bien mérités. Et un accès prioritaire à cet hôpital, tant que les collègues de promo de Léo y séviraient.

Mathieu dut subir l'ablation de la rate. Il pouvait dire merci à son pare-balles, qu'il était le seul à le porter. Les dizaines de secondes abandonnées à le récupérer, puis l'enfiler, lui avaient pourtant valu, quelques heures auparavant, les lazzis et quolibets de son équipage.

L'Inspection Générale des Services était sur les dents. On l'aurait été à moins. On ne pouvait interroger les patients, tant que le corps médical n'aurait donné son aval. Les flics des bœufs-carottes montèrent eux-même la garde une paire d'heures, avant, las de cette interminable attente, de déléguer la mission à des flicards en uniforme.

Un tour de passe-passe, radio de contrôle, scan' et autres prise de sang, ouvrit une fenêtre de discussion aux acteurs du dernier acte. Jules et Léo, Inès, Mathieu et Benoît squattèrent un des blocs op' pour *détermoriser* la version des faits qu'ils allaient -de concert- livrer.

51

Le Ministère de l'Intérieur envisagea d'envoyer, en plus de la délégation policière réduite, un émissaire aux obsèques polonaises de Denis. Avant de montrer, une nouvelle fois les crocs, Inès prit attache avec l'aînée de la fratrie afin qu'elle sonde ses sœurs et mère sur le sujet.

Les cocotiers que Benoît secoua de son côté, permirent de comprendre que si la famille refusait les honneurs policiers qui lui étaient proposés, l'espèce de pension prévue ne leur serait pas allouée. Il en informa naturellement Inès, avant qu'elle ne se lance dans une nouvelle croisade.

A l'issue de la cérémonie, une réception intimiste fut donnée dans les salons de la Brasserie Karol. Devant un parterre de proches (Boun n'eut pas eu le cœur de faire le voyage), un vibrant hommage fut rendu au fils Schieger disparu. Et le lendemain, tous rentrèrent à Paris par le premier vol.

Tous sauf Inès, qui tenait à lui rendre un hommage plus personnel.

Le Capitaine Perret ne rentra que dix jours plus tard. Promotion dite au semi-automatique. Aucun rapport avec l' « affaire ».

Inconsolable.

Gaétan Perret ne regagna ses pénates guère plus tôt. On le garda le temps nécessaire pour lui faire toute une batterie d'examens. Et s'assurer que l'alerte était passée.

Il n'y eut pas de déjeuner dominical en fin de semaine courante, contrairement aux prévisions très optimistes de Léo. La chose fut repoussée deux semaines plus tard.

Le temps qu'Inès ne se décide à rentrer de Pologne.

53

A l'instar de Denis, Johnny offrit sa vie pour en sauver une autre. En l'occurrence celle de son jumeau, laissant par son héroïsme, et la mort de son père, un frère totalement orphelin.

Aussi solidaire qu'hyper-protectrice, la communauté des gens du voyage peina énormément à ramener son enfant-zombie à la lumière du jour. De longues semaines durant, à défaut de psy, jugé par ce genre de collectivité comme le docteur de ceux qui sont « fous dans leur tête », Jimmy dut se gaver d'antidépresseurs. Il planait tellement que Jules s'en inquiéta.

Au point de se tourner une nouvelle fois vers qui ?

TRAGIQUE GUET-APENS POUR SEPT POLICIERS

7 policiers, sur les 10 intervenant*, ont péri hier après-midi, au cours d'une embuscade* que leur avait tendue, dans une vieille bâtisse squattée du quartier des fleurs, un groupe de terroristes*, trempant aussi dans le trafic de stupéfiants. L'enquête est confiée à l'Office Central de Répression de la Criminalité Organisée.

Il est 18H30* lorsque 3 équipes de policiers pénètrent dans l'ancienne maison de la rue des Lys. Renseignés par un informateur*, et forts de surveillances* aux abords de la villa, ils investissent l'endroit, où ils trouvent, non seulement ce qu'ils étaient venus chercher* (deux dealers de drogues dures et leurs vendeurs mineurs), mais aussi une escouade armée de gens du voyage. L'intervention vire rapidement au massacre, faisant de nombreuses victimes, 17 au total. Dans les rangs des forces de l'Ordre, et malgré leur gilet

pare-balles*, sept policiers succomberont à leurs blessures. En parallèle, la voiture station-née dans la cour de l'hôtel particulier est soufflée par une décharge explosive. Dépêchés rapidement sur les lieux, les services de secours parviendront à secourir les blessés, au rang desquels se trouvaient deux policiers* et un de leur collaborateur*. Cela faisait plus d'une vingtaine d'années que pareille perte policière n'avait pas été à déplorer. S'agissait-il vraiment d'un traquenard ? D'un dramatique concours de circonstances ? L'enquête, confiée aux spécialistes de l'OCRCO tentera de faire toute la lumière sur cette affaire.

* Des mensonges parsemés d'étoiles... Ou l'inverse

L'affaire Nila-Greg fut classée.

Des apprentis terroristes rattrapés par leurs dealers mélanodermes. Des manouches classés au rang de clients, rayés de la surface pour être venus faire leur marché le mauvais jour. Et des policiers en victimes collatérales.

Du sang neuf arriva au central. Cinq flicards à la Bac. Mathieu glissa à la Crim', qui, même si elle n'avait déploré aucune perte, toucha deux O.P. J en prime.

Le deuil de Sylvie fut étonnamment court..
- Nila était morte à sa naissance, confessa-t-elle un jour à son analyste.

Fidèle à sa logique, Léo avoua tout à Marie. Sa filiation. Sa semi-fratrie. Tout.

Marie mit quelques longues minutes, avant que ses cordes vocales n'émettent un son.

- Que des bonnes nouvelles en somme ! s'aventura-t-elle.

Léo ne sut comment interpréter ses conclusions. Et, comme elle le devinait mal à l'aise, Marie d'ajouter :

- Voyons P'pa. Tu m'annonces que tu n'es pas mon géniteur. Que tu sais cela depuis ma naissance. Moi, je connais personne, pas même mon créateur, qui m'aurait aimé autant et aussi bien que tu l'as fait... Pause... Alors, sur ce sujet, je substitue la traditionnelle question : « C'est grave docteur ? », par l'indiscutable affirmation « Merci, tout va très bien. »

Marie attendit un instant pour observer la réaction produite. Mais Léo n'était ni démonstratif, ni un grand sensible. En dépit de cela, l'imperceptible expression que dévoilèrent les traits de son faciès remplaça tous les mots du monde.

C'est sur Marie qu'une larme glissa du *jouboggan*. Ce qui ne l'empêcha pas de poursuivre :

- Pour ce qui est de l'autre folasse, no comment ! C'est pas de ma faute si celui qui m'a conçu, s'amusait à féconder toutes celles avec qui il batifolait. Quant à ceux ou celles qui sont nés de ses frasques... Ma famille, c'est toi... Jules...

Avant de lever les yeux en l'air et de murmurer, du bout des lèvres :

- Et toi ma petite maman.

56

- Paraît que t'as passé pas mal de temps à enculer des flics ? Ben t'as le cul bordé de nouilles amigo ! Un fion d'enfer même, si tu me permets ? Peut-être même que, sans le vouloir, t'es tombé au paradis ici ? Parce que nous aussi, notre plus grand kif, c'est de fourrer du poulet ! Tu vas prendre un pied terrible, commissaire...

L'homme, qui prononça ces sardoniques apophtegmes, était un colosse. Visage anguleux. Yeux bleus. Cheveux blonds comme les blés. L'aryen tel que le rêvait celui qui, en son temps, s'appropria le mot sanskrit.

Troublante et scabreuse (et probablement

douloureuse !) coïncidence, pour le captif, l'ex-commissaire divisionnaire Abdelsarim Akhoua.

S'il fait le petit train... Un Akhoua pourrait bien en cacher un autre.

Le couple Sylvie-Mathieu battait déjà de l'aile.

Il ne résista pas à la nouvelle bourrasque.

58

A son retour de Pologne, Inès resta un mois chez ses parents. Passer un peu plus de temps avec eux. Et cogiter au devenir de sa relation avec Benoît.

Une fois par semaine, Jules, Armelle et ses deux petits (Jena et Loïc), Marie et son père s'y invitent à dîner. En entrant dans le pavillon des Perret, Léo prend un malin plaisir à proclamer le fameux : « Vous êtes mes invités à vie », que père Gaétan avait eu le malheur (même s'il ne le regrettait absolument pas) de prononcer, le soir où, enfin rentré chez lui, il ouvrit le portail de sa demeure à la smala détaillée supra, qui venait le visiter, et s'enquérir de sa santé.
Pour autant, les coucous ne sont pas des écornifleurs

stricto sensu, puisqu'ils arrivent régulièrement alourdis de provendes, mix de gourmandises en tous genre et autres flacons spiritueux.

La tablée devise joyeusement jusqu'à une heure avancée de la nuit.

Loïc et Jena s'assoupissent un peu n'importe où.
Marie ayant, elle, un faible pour les bras d'Inès.

59

La fin du temps réglementaire n'avait jamais été aussi proche.

Une dernière fois, Boun dut se présenter devant le corps arbitral, qui le dispensa du money-time, puisqu'enfin, le coréen ne désirait plus jouer les prolongations.

Celle qu'il avait tant redoutée était là, dressée devant lui. Et étrangement, elle ne l'effrayait plus. La liberté.

Avec les cailloux qu'il avait à fourguer, il avait pas de quoi s'ennuyer.

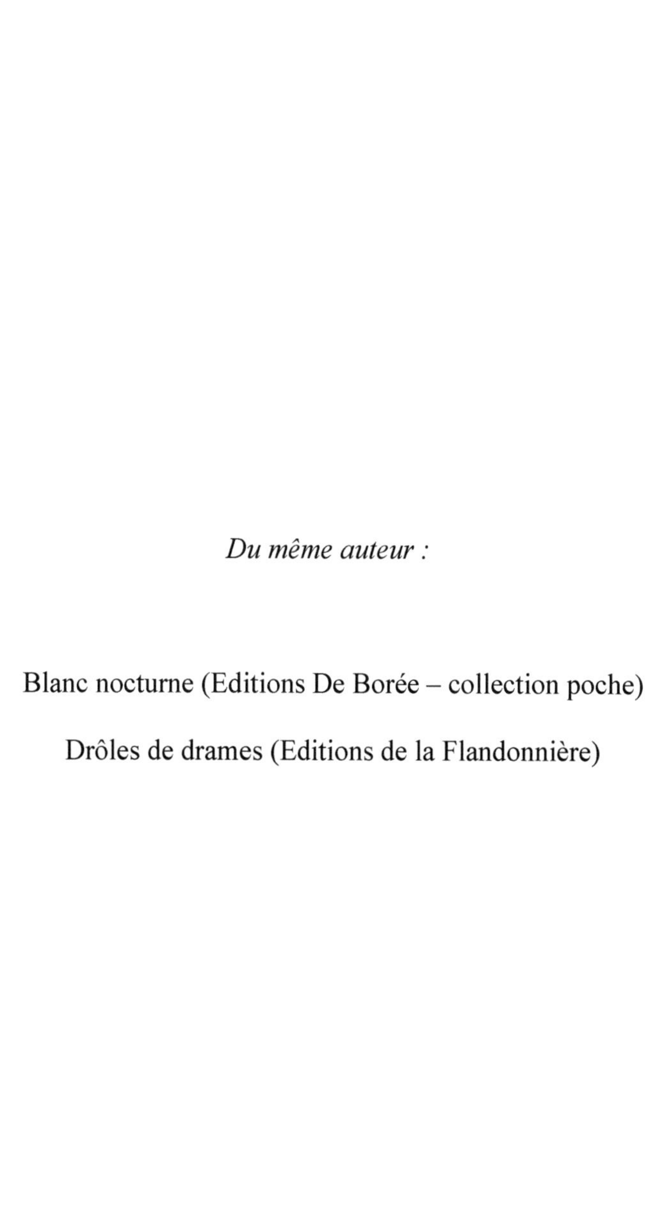

Du même auteur :

Blanc nocturne (Editions De Borée – collection poche)

Drôles de drames (Editions de la Flandonnière)

© 2018 , Laurent Leonard

Edition : BoD - Books on Demand
12/14 rond-point des Champs Elysées, 75008 Paris
Imprimé par Books on Demand GmbH, Norderstedt, Allemagne
ISBN : 9782322104246
Dépôt légal : février 2018